JN185468

メモランダム

長谷部千彩

河出書房新社

私の住む街　essays 1

冬の動物園　short stories 1

春のあくび essays 2

メモランダム

写真　長谷部千彩
装幀　佐々木暁

近頃、強く思うのです。

行ってみたいと思う場所は行くべき場所であり、
会ってみたいと思う人は会うべき人なのではないか、と。
行ったところで、会ったところで、
それが何の意味もなさないとしても。

私の住む街

essays 1

私の住む街

東京の空は何時もグレイのホリゾントのようにのっぺりと広がり、澄みきることがない。朝と夕にはピンクと紫の縞を作り、晴天の日にさえ排気ガスで淀み、夜は地上の灯りを抱いて鉛色に光る。頭上に気だるくのしかかるこの空から、いったい誰が、どこまでも高く、果ては宇宙まで続いているという無限を感じるのだろうか。

東京の空を見上げる時、私の頭にはいつも、ある小説のタイトルが浮かぶ。倦怠期にあるアメリカ人夫婦が北アフリカを旅する話。絶望的な結末を迎える物語。ポール・ボウルズの代表作『天蓋の空（The Sheltering Sky）』である。

旧約聖書では、空は神が人間のために作った天蓋であるとされている。天蓋の上には水があり、天蓋は屋根となって水から人間を守っている。神によって水の中に創成された物理的空間、それが生あるものが暮らす世界と信じられていたのだ。覆われた空の下、神の加護と支配のもとに生きる人々。時には安堵。時には恐ろしいまでの閉塞感。それは、私の、東京に対するアンビバレントな思いとぴったり重なる。

時々、無性に逃げ出したくなって旅に出る。橙(だいだい)色の夕焼けや白い雲、星を眺めては、本当の空とはこういうものではないかしら、と考える。

けれども、空港から都内に入り、タクシーの窓から空をのぞむと、えも言われぬ安心感に包まれて、ああ、東京に戻ってきた、と思う。

家に着くなり、私はベッドにもぐりこみ、犬小屋に戻った犬のようにぐっすりと眠る。窓の外には天蓋の空が広がっている。

眠ったら、死ぬ。


子供の頃から眠るのが怖かった。原因は、テレビドラマを観ているときに耳にした、「眠ったら死ぬぞ」という台詞にあると思う。雪山で遭難したカップル。男が、睡魔に襲われる女の肩を摑み、強く揺さぶる。

「眠ったら死ぬぞ」

女の頭が、がくんがくんと前後に揺れた。


夜八時になると、眠くなくてもベッドに入る。それは六歳の私に与えられた我が家の決まり。私は小さな体を横たえて、持て余した夜を、死について考えながら過ごす。

暗闇で目を凝らすと、天井の板目がひとの顔に見えてくる。その顔は大抵歪んでいる。

死んだらどこに行くのだろう。たぶん、どこにも行かない。天国はないと思う。ある日、意識が消えて、私の体は物になるのだと思う。

「眠ったら死ぬぞ」

何十年か先。だけど確実にやって来る。私にも目覚めのない眠りに落ちる日が。


あれから月日は流れ、私は大人になったけれど、それでもやっぱり眠るのは怖い。だから、眠くなるまでベッドには入らず、ベッドに入ってからも、眠らないように本を読む。ゲームをする。携帯電話でメールを書く。意識の際で頑張って、頑張って、もう無理というところまで頑張って、気を失うようにして眠りに落ちる。

一晩中、煌々(こうこう)と灯りが点る私の寝室。部屋を暗くすると、死が近づいてくる。カーテンの隙間から死が私を覗く。私は夜が怖い。

でも、ひとりじゃなければ大丈夫。怖くない。だから、電気を消してください。暗いほうが深く眠れるような気がするし。

「何、それ」と男の人は嗤(わら)うけれど、私は信じている。ふたりいたら、死は私には目もくれず、もうひとりを狙うはず。まるで根拠のない迷信。そう、子供の頃からの。

その一方で、頑張っても眠れない夜がある。明朝何時に起きなければならない、しかも、眠っておかないと体が持たない。そんな夜に限って眠れない。眠らなくちゃ、と考えれば考えるほど、ますます目が冴えて、緊張で体が強張る。心臓がドキドキして止まらなくなり、その動悸の苦しさに耐えかねて、私はさめざめと泣く。目覚まし時計は休みなく時を刻み、眠るまで待って！と願う朝が、容赦なくやって来る。

眠るのも怖い。眠れないのも怖い。

目覚めることのない朝が来るまで、私は夜に抗い続ける。

死ぬのは怖い。死ねないのも怖い。

抗いに疲れた夜、私は逃げる。男の腕の中へ逃げる。

女の頭はがくんがくんと前後に揺れる。

カメラ≠万年筆

日々、写真を撮り続けている私のことを、カメラやレンズに詳しい写真マニアと誤解する人も多いけれど、写真歴は一年と少し。露出についてもシャッタースピードについても、正直なところ、よくわかってはいません。学生時代、一眼レフカメラで写真を撮っていた時期があって、その頃はそれなりに理解していたはずだけど、それも二十年前の話、ほとんど忘れてしまいました。いまさら学びなおすのも億劫だし、いい写真を撮りたいとも巧くなりたいとも思っていないので、ボケていようが、暗かろうが、あまり気にしないようにしています。第一、プロでさえPC上で画像修正する時代、後からいくらでも写真に手を入れることが可能なわけだし、気に入らなければ消去するだけのこと。人間は、絶対に必要となれば、何としてでもその技術を習得するもの。つまり向学心の芽生える様子のない私には、いまのところ知識は無用ということだと思っています。

Paris

ちなみに私が愛用しているのは、キヤノンのコンパクトデジタルカメラ（以下、コンデジ）IXY920IS。写真を雑誌に提供するようになったいまも、ほとんどそれで撮っています。他にも上位機種にあたるリコーのコンデジや、パナソニックやキヤノンの一眼カメラなども買ってはみたものの、思い立ったときにケースから出す程度。ゆえに、いつまでたっても手に馴染まない、馴染まないから使わないという悪循環。当面はIXYメインでの写真生活が続くことになりそうです。いや、この分だと壊れるまで使い倒すかも。なにしろ、私は免許を取ってすぐに買った車にいまだに乗り続けている人間、一度気に入るととことん使うタイプだから。それに生意気を言わせてもらえるならば、何においても道具じゃないでしょ、センスでしょ？（私にセンスがあるかどうかは別として）

さて、その愛機IXY920IS。これも特別な理由があって選んだわけではないのです。私のエッセイの中で取り上げている愛用品、たとえば香水や靴、バッグを写真に撮ってブログで読者に公開してみたらどうか、と提案され、自信はないけれど挑戦だけはしてみるか……と思い、下調べもせず、渋谷のカメラ量販店へと出かけ、店頭で「一番売れています！」と札がついていたものを購入したまで。本当に写れば何でも良かったのです。

でも、あの日、違う機種を手にしていたら、毎日写真を撮るようになっていなかったかも。手ブレ防止機能がつき、モニター画面も大きく明るい。いまのコンデジは操作性に優れていて、誰でも上手な写真が撮れる。だけど、私が気に入ったのは、何といってもその画質。色鮮やかで、奥行きのない、ベタッとした平面的な画(え)に仕上がるところ。自然な色調を好む人は抵抗を感じるであろう、そのいかにもデジカメ的な色合いが、私の好みにぴったりだったのです。私は、女性が好んで撮る、色の淡い、ふわふわした印象の写真が苦手で、ゆえに写真を趣味と公言する女性にもどこか偏見を抱いていたのですが、ＩＸＹで撮ってみたら全然違うものが撮れた。ヴィヴィッドで輪郭のはっきりした写真になった。素朴な感動を得て、勢いづいた私は、店の看板、濡れた石畳、お菓子の箱、木々の枝、目に入るものを片っ端から撮り始めました。それが私の写真生活の始まりです。

「あ、綺麗！」――そう思ったら、カメラを手にとる。角度を変え、焦点を変え、気に入ったコンポジションができあがるまで、何度も何度もシャッターを切る。ひとつのものを撮るのに少なくても三回、多ければ五十回。撮っては確かめ、確かめてはまた撮る。見慣れた一輪の花であっても、しつこくしつこく眺め回すと、ファインダーを通して花弁や花芯、茎、萼(がく)といった形状の細部までが頭に入ってくる。そして、なぜ自分がその花を撮ろうと思ったのか、自分はその花のどこに魅力を感じているのか、どんどん明確になっていきます。漠然と感じていた「綺麗」の実態が解明されていくのは、私にとって何より興味深いこと。要するに、私は、撮る行為ではなく、撮りながら考えるという行為が好きなのです。だから、カメラはあくまで考えるためのツール。書きながら考える人にとっての筆記用具みたいなものです。それも、万年筆ではなく、書いては消し、書いては消しできるシャープペンシル。芯が折れてもノックして書き続ける。握っていることすら意識に上らないのが望ましい。だから、デジタルカメラ以外で写真を撮ることは、いまのところ考えてはいません。

もちろん、フィルムカメラ愛用者が〝一瞬を捉える〟とか〝一瞬を切り取る〟なんて言っているのを聞くと、かっこいいなあ、とは思います。きっと技術も度胸もある人なんだろうなあ、と。だけど、私はひとりでじーっと考えるのが好きな性格だし、だからこそ、一文字一文字タイプして原稿を完成させる物書きの仕事をしているわけで、むしろ、思い切りの良くない人間にフィットするデジタルカメラというものが、自分が生きている時代にあってラッキー！とさえ思っているのです。それに、のん気な私の暮らしには、切り取るに値する一瞬なんて滅多に

ないし……。

だいたい道に落ちている葉っぱだとか、煙突からたなびく煙だとか、花が咲いただの萎(しぼ)んだだの、私が撮るものは、私以外の人間にはまったく価値のないものばかり。何、これ?と呆れられてもしょうがない。そういった意味でも、私の写真にはたぶんコンデジが一番合っている。一眼カメラのほうが、性能がいいのはわかっているけれど、ごろんと重いカメラをバッグから出して、ケースを外し、キャップを取って、よいしょ、と構えた瞬間、いつも同じ言葉が浮かび、私の心は萎(な)えてしまうのです。

「私が撮ろうとしているものって、そんなに大したものだっけ?」

ささやかな喜びはささやかに撮るのがいい。片手に紙袋を提げ、片手で見上げた空を撮る。片手で済む程度の衝動を大げさなカメラで撮るのは、やっぱり何か違うと思う。

人間は変わる生き物だから、この先、私がフィルムで撮り始めることもあるかもしれない。レンズを買い揃える日が来るかもしれない。逆に写真を撮ることに飽きてしまうことだってあるかもしれない。でも、それぐらい軽い愉しみのほうが、気が楽でいい。私はそれぐらいの距離でカメラとつきあいたいのです。

少なくとも私の写真の腕が、この先大きく上達することはないでしょう。また、上達したくないという気持ちもあります。なぜなら、技術を習得するということは、どんなときもムラなく美しい写真が撮れるようになるということだから。そうなったら、人からほめてもらえるかもしれないけれど、写真を見ても自分がそのとき何を考えていたのか、わからなくなってしまう。それは困る。それはつまらない。機嫌がいい日ははしゃいだ写真。元気がない日はスカスカの写真。私は、私の身長、私の目の高さで見える世界が撮れればそれでいい。いいアングルを探して背伸びしたり、這いつくばったりしたくない。気まぐれな性格そのままの写真が撮れたら、私はそれが一番嬉しい。

手のひらに載せた私のカメラは、塗装もところどころ剝がれてしまって、一年ちょっとしか使っていないのに、すでに型落ち。どこから見ても旧モデル。だけど、いつもそばにいてくれる。決して私を緊張させない。人からバカにされるようなくだらない発見にも大真面目につきあってくれる。つたない言葉で何度も何度も説明しなおす、間怠(まだる)っこしい私の話に辛抱強く耳を傾けてくれる。だから好き。だから肌身離さず持ち歩く。擬人化して書くと、そう、カメラはまるで理想の男性。現実には存在しないような。

五月のメモランダム

1

できることなら、花は店先で選んで買いたい。パリの花屋みたいに種類ごとにバケツに突っ込んであって、一束八〜十四ユーロぐらいなら最高。東京の花屋はいかんせん高すぎる。物価のせい？　地価が高いから？　贈答用の需要が多いため？　理由は数多くあるだろうけど、一本三百円のガーベラを自宅用に毎週一束ずつ買うことができる人はそう多くないと思う。

ところで、今週、初めてインターネットで花を買ってみた。卸業者の営むショップで、とにかく値段が安いのが嬉しい。ガーベラなら一束十本で三五〇円、二束買うと五〇〇円。サイトの写真を見ながら花の種類を選び、買い物かごに入れていく。決済はクレジットカード、代引きなど。配達は二日後。ダンボールに収められた花が宅配便で届く。私が注文したのは、一九八〇円の詰め合わせとガーベラ四十本。代引き手数料・送料込みで三六六〇円だった。詰め合わせの内容は、カーネーション、カラー、デンファレ、アルストロメリア、バラ、芍薬。大きなバケツが半分埋まるほどの大量の花に手こずって、水切りして生け終えるのに二時間要したけれど。翌朝、起きてみると、蕾だった芍薬が弾けたように咲いていた。近づいてみるとバラの匂いがする。芍薬とバラの匂いが似ているという驚き。

2

古本屋で購入したアゴタ・クリストフの文庫本は、家に帰ってページをめくると掌編小説集だった。最初に収められた作品は「斧」というタイトルで、夫を斧で殺した妻の話。夫を殺害した後、妻は安堵感を得て、深い深い眠りに落ちる。彼女は目覚めた後、窓の外を眺め、雲の観察を始める。その様子はどこかのんきであどけない。くっついたり離れたりしながら流れていく雲。しかし、それさえ自分にとってはどうでもいい、とモノクロームな言葉で切り捨てる。狂っている女の内側に読み手がぬるりと滑り込んでしまう不思議な作品。たった三ページの小品。

3

買ったまま封を切らずにいたCD、マルク＝アンドレ・アムランの『イン・ア・ステイト・オヴ・ジャズ』を聴く。ジャズ・スタイルを取り入れたクラシック／現代音楽、と書くと陳腐な説明にしかならないが、これがドキドキするほど面白い。このアルバムではグルダ、カプースチン、ワイセンベルクといった二十世紀の音楽家を取り上げているが、難曲なれど、アムランは恐ろしいほどの精確さで弾きこなしていく。私は音楽でも文学でも、技巧をもってのみ表現できる作品が好き。その域にだけ存在するユーモアや、その域にだけ存在する優雅さを愛している。

マルク＝アンドレ・アムランの演奏はこのCDで初めて聴いた。超絶技巧のピアニストとして名を馳せていること以外、彼のことは何も知らない。私は音楽を系統立てて聴かないし、CDを買うときはいつも衝動買いだから。でも、ふと目をとめたCDを興味本位で買い、何も知らずに聴くほうが私は楽しいと思う。通りで角を曲がったら、いきなり素敵な男性に出会ってしまった――という偶然は現実にはなかなか起こらないけれど、音楽や文学において偶然は起こるものだから。しかも頻繁に！

4

近頃、よくつけている指輪は、若い女性に人気の、クリスチャン・ディオールのディオレットというシリーズのもの。エナメルで仕上げたてんとう虫と白い蝶、ヒナギク。その隙間にアクアマリンとダイヤが置かれ、リングの部分は緑の葉っぱが絡んだデザインのホワイトゴールドでできている。フランスのお家芸ともいえるアール・ヌーヴォーのモダンなヴァリエーション……なんて蘊蓄はどうでもいい。私はこの指輪をお守り代わりに買っただけなのだから。

てんとう虫は太陽に向かって飛ぶ。その性質から西洋では「神様の虫」と呼ばれ、幸運を運ぶと言われている。パワーストーンもオーラソーマも信じないけれど、私はてんとう虫の伝説は信じているのだ。

私の指にてんとう虫があるとき、私は迷わないだろう。そして悩みもしないだろう。これは迷信。これはジンクス。取るに足らぬ呟き。五月のメモランダム。

記憶の旅

夏の盛りを過ぎた九月の午後、南フランス、グラースにある国際香水博物館の一室に私はいた。

壁の端まで長く伸びる陳列棚。中にはさまざまな色と形の香水瓶が並んでいる。緑の瓶にピンクの瓶、黒い瓶に赤い瓶。ハート型のボトル、キャップが花を模しているもの、メタリック、ロココ調、スクエアなラインもあれば流線形もある。そして、それが透明なガラスでできているならば、その内に抱く、琥珀や飴色、レモン色といった液体の色も私たちの目を楽しませてくれる。

私は一歩ずつ体を横にずらしながら、興奮を胸に陳列棚を覗き込む。旧家の館を使用しているという博物館の後半部に位置するこの展示室は、近代、工業化に成功してからの香水を時代順に並べている。つまりこの長い陳列棚が、近代香水史そのものなのだ。

「これも知ってる……これも知ってる……」

懐かしさを抑えきれず、私は小声でつぶやく。中には写真や本でしか見たことのないものもあるけれど、ほとんどの香水を私は実際に試したことがあった。既に製造終了となっているものでも、私が子供の頃にはまだまだ入手可能なものがたくさんあったのだ。そう、私は、香水が大好きな子供だった。母の鏡台の片隅に置かれた香水の銘柄、ボトルの形、その匂いを、私はいまでも覚えている。少女にとってそれは魔法の水。蓋を開けた瞬間、私を別な世界に運んでくれるもの――。

今年発売された香水まで観終えると、私は、陳列棚の最初に戻り、もう一度、歴史をなぞるように香水瓶を眺めていった。静まり返った室内に靴音だけが響く。ガラスの向こうに見入る私に、学芸員の女性が言う。

「一年に発表される香水は約四五〇種、でも十年後に残っているのはたった三種なんですよ」

たった三種!! 驚き、振り返ってはみたものの、納得できないわけでもなかった。ここに集められているのは名香と呼ばれた香水、時代を彩った香水ばかり。それでも、いつの間にか消えてしまったものがいくつもある。ならば巷に思いを馳せるとき、その数の多さは想像に易い。

寂しいことだな、と思う。どんな理由であっても忘れられるのは寂しいことだ。だけど、私だって薄情な人間のひとりで、ここで再会するまですっかり忘れていた香水があり、かつて愛用していたのに、いつの間にか使わなくなってしまった香水があり、大人になったらつけてみたいと思っていたのに、自分が大人になったときには違う香水に夢中になり、いや、あの香水は、私が大人になったとき、もう作られてはいなかった。あのひとがくれた香水。あのひとが使っていた香水。次々と生み出されては、次々と消えていく。

しかし、その一方で、変わらぬ人気を誇る香水がある。作り続けられる香水と消えていく香水。その違いはいったいどこにあるのだろう。クオリティが高いから残った、クオリティが低いから残らなかった、そんな単純な答えで片付けたくはなかった。

どの香水にも良さはある。そのことは、数多くの香水を試してきた私がよく知っている。消えていった香水にも、現存する香水にも、それぞれ魅力があり、その魅力をもって香りは人々の思い出に色をつける。たとえ愛された期間が短くても、その時代、その時代に必要とされたからこそ、その香水は産み落とされたのだ。

陳列された香水瓶の中身はすべて本物だと学芸員の女性が言っていた。そうだとすれば、瓶の中の液体は、何十年前のものということもあるだろう。キャップをひねったところで、香りはもはや劣化して、本来のそれではなくなっているはず。そこまで考えてはっとする。作り続けられている限り、香水はそこに存在するけれど、作られなくなってしまったら、残すことができるのはボトルだけ。レシピは保管されても、その香りを知るひとの記憶の中に生きるとしても、現実には二度と私たちの鼻がそれを嗅ぐことはできないのだ。

一九二一年に発表されたシャネルN°5は、陳列棚のずっと右の方、香水の歴史の深いところに飾られていた。薬瓶にも似たシンプルなそのボトルは、今日も凜とした佇まい。当然のようにそこにある。

だけど、この展示室にいると、そのことにすら疑問を抱かずにはいられない。そもそも世に存在するものに、当然などということがあるのかしら。歴史を乗り越えてきたことも当たり前なら、多くの女性たちに愛されてきたのも当たり前。私たちは、N°5に対する賞賛のすべてを当たり前のように感じているけれど、本当にそれは当たり前のことなのかしら。香水みたいに繊細なものが、自然に絶えゆくことはあっても、自然に生き延びるなんてことがあるのかしら。

私がここにいて、私たちがここにいて、同じ時代にN°5も存在しているけれど、それはもしかしたら、たくさんの偶然とたくさんの努力、その積み重ねの結果なのかもしれない、もしかしたら、ものすごく特別なことなのかもしれない――次の展示室に向かう階段を下りながら、私は、そう思わずにはいられなかった。

*

高さ一メートルほどの低木が、規則正しく引かれたラインを作り、遠く畑を緑で覆っている。シャネルのロゴが入った見学者用長靴を履いた私は、畝（うね）の間を行く畑の管理者ビアンキ氏の後を追う。

私がこの町を訪れた一番の目的は、このジャスミン畑――シャネルと専属契約を結ぶミュル家の畑を歩くため。シャネルN°5には、パルファム、オードゥ パルファム、オードゥ トワレット、オー プルミエールの四種類があるけれど、中でも最もエッセンスの濃いN°5パルファムに、ここ、グラースのジャスミンが使われているというのだ。

しかしながら、実のところ、ここに来るまで、グラース産のジャスミンというものがどう特別なのか、私はまったくわかってはいなかった。〝とにかく行ってみて、ご自身で感じてください〞――その言葉に促され、予備知識もさほど持たず、朝食も早々に車に乗りこんだのだ。

ジャスミンの花が摘まれるのは早朝からお昼にかけて。午後になると花が傷んでしまうのだという。澄み渡った青空のもと、白く散らばる小さな花。それでも今日は、昨日の気温が影響して、花が少ないほうだとビアンキ氏は言っていた。

ジャスミンの摘み方を教えてもらい、見よう見まねで私も花を摘んでみる。白い花を黄緑色の花芯とともに萼からそっと抜き取って、鼻を寄せるとモワッと柔らかな香りがした。

「全然違う……！」

私は思わず声をあげる。それは初めて嗅ぐ香り。私が嗅いだことのあるジャスミンとはまるで違う。私が知っているジャスミンは、日本のジャスミン、日本の庭によく植えられているジャスミンだ。それはもっとツンとした香り。頭が痛くなるというひともいるほど主張が強い。だけど、ここのジャスミンは、ビアンキ氏が口にした〝低音の〞という言葉通り、まるで嗅ぐひとを包み込むように低く響く。楽器に例えるなら、ファゴット、チェロ、もしくはホルン。そして、それは、確かにN°5そのもの、N°5という香りの中心に太い軸として存在している。なるほどね、あの香水の、華やかだけど決して浮ついていない、シックなイメージは、このジャスミンの持つ重心の低さが作っていたのね。ひとりうなずく私にビアンキ氏が再び声をかける。

「こうして揉んで温めてみてください、温度で段々匂いが変化していきますから」

ビアンキ氏の手の動きを横目に、私もこわごわ花を握る。顔をあげると、向こうには、眩しい光の中、ジャスミンを摘む女性たちが見えた。

とんがり帽子、スカーフを被るひと、ターバンにボネ。エキゾチックな柄のスモックやカラフルなエプロンを身につけ、小さな台に腰をおろして、みんな忙しそうに手を動かしている。彼女たちは、この季節になると、収穫のために、トルコ、チュニジア、イタリアなどからやって来る。

「休憩のときには、同郷のひと同士、集まってお茶を飲んだりしているんですよ」

季節労働者というと、なんとなく暗い印象を抱きがちだけど、朝の日差し、乾いた風、優しい匂い、そして可憐な花と向き合う作業のせいか、畑に漂う雰囲気はすこぶる明るい。あちこちから聞こえるお喋りや笑い声に誘われ、私もひと夏この仕事をやってみたい——そんなことすら考えてしまった。

ビアンキ氏が説明を続ける。

「花を摘んだら、左の手のひらを丸くして、花を潰さないように、その中に入れるんです。女のひとだと、だいたい十数個の花を片手に入れることができますから、いっぱいになったら自分の籠に入れる。ほら、籠の横に番号が書いてあるでしょう、あれは他のひとの籠と間違えないように振ってある番号なんです」

辺りを見回すと、確かにあちこちに籐で編まれた籠が置かれている。

「そういう丁寧な作業をしなければいけないから、摘み手はどうしても女性になってしまうんですよ」

握っていた左手を開いてみると、ジャスミンの花がひとつ、私の手の中でまだ甘い香りを放っている。

花を潰さないように——心の中でつぶやきながら、小鳥を包むように、私も左手を丸くしてみる。確かに十個入りそう。でも二十個は無理ね。だって女のひとの手のひらだもの。そして、ここに十個集めて、籠に入れる。また十個集めて、籠に入れる。ああ、気が遠くなりそう！

でも、そうやってジャスミンの花は摘み集められるのだ。女のひとの柔らかな指で。はかないものを愛する優しい手のひらに守られて。

ジャスミンが咲くのは、夏の約一〇〇日間。今日咲いた分は今日のうちに摘み、明日咲いた分は明日摘む。花は毎日咲くけれど、たくさん咲く日もあれば、たくさん咲かない日もあって。私も植物を育てているからわかる。安定的に咲かせるための技術がどんなに進歩しても、植物と自然の間には人間が割って入れない領域がある。植物はお日さまについていく。そして人間は植物についていく。そういうものだ。それしかできない。それが、植物と人間の在り方なのだから。

お人形が抱えたらちょうどいいような、小さなボトルのN゜5パルファム。そのひと瓶にジャスミンの花一〇〇〇個が使われているという。まるで工芸品のようだわ、と私は思った。刺繍やレース、繊細さを誇る美を昔から女性は作り上げてきたけれど、N゜5も同じ。自然に寄り添いながら、尊いものを紡ぎながら、女のひとの動かした手が作っている工芸品だ。

こういうとき、私は、女であることを心の底から誇らしく思う。女という、香水をつける性であることに。そして、女という、花を摘む性でもあることに――。

＊

葉陰揺れる昼下がり。畑を見学した後、敷地内にある計量所へ向かい、しばらく時間を潰していると、籠を抱えた女性たちが集まってきた。行列に並ぶその顔はみな、一日の収穫を終え、晴れ晴れとしている。摘んだ花は、計量所の奥に置かれた秤に籠ごと載せ、ひとりずつ目方を量ってもらう。「一・二キロ」「一・五キロ」……邪魔にならぬよう、片隅に身を寄せて観察すると、だいたい収穫量はひとり一キロから多いひとで一・八キロ。たくさん摘めたひとは少女の笑顔。嬉しそう。少なかったひとも残念そうに笑っている。計量の終わった花はコンテナに集められ、敷地内にある工場へ運ばれる。今日摘んだ分の花は今日のうちに香りを抽出してしまわなければならないのだ。

工場へ移動すると、そこで待ち構えていたのは黒いTシャツを着た男性たち。到着したトラックの荷台から、コンテナを運び出し、大きな窯に花をあけていく。すべての花を投入したら、花が偏らないよう、熊手で均し、蓋を閉めてスイッチを押すと抽出開始。この作業を通して、花の芳香成分はコンクリートといわれる固形ワックスに封じ込められる。これで今日摘んだ花の香りを後から取り出すことが可能になるのだ。

それにしても、つくづく感心してしまうのは、コンテナを運ぶのもひとの手、釜に花を投入するのもひとの手、熊手で均すのもひとの手、花を摘む作業もそうだったけれど、ここ抽出作業の現場においても何から何までひとの手がかけられているということだ。

こんな現実、私は考えてもみなかった。あまりのギャップに戸惑いさえ感じる。そして自分に呆れてしまう。私ってなんて想像力が乏しいのだろう。香水を作るには多くの人の手がかかるということを、いままで散々文献で読んできたはずなのに、やっぱり、頭のどこかで、自分の手に届くものは、ベルトコンベアに載せられて流れてくる何かであって、きっとガシャン、ガシャンという音とともに機械によって作られているに違いない、そう思い込んでいたのだから。それが世界中に届けられる香水であればなおさらのこと。N°5パルファムに使われているジャスミンは一〇〇%グラース産のもの、そのことだって何度も聞いていたというのに、全然実感できていなかったのだ。だけど、ここへ足を運んでみてわかったのは、一〇〇%というのは、すべてミュル家の花畑で採れたもの、ということであり、確かにミュル家の畑はグラース一の広大さを誇るものだけど、N°5パルファムが世界で最も多くの女性たちに愛用されている香水だという事実とその規模を考えると、決して広大というわけでもない、むしろ丹念に手入れされた小さな畑と言ったほうが正しいのではないか、と私は思った。

*

この旅ではもうひとつ、私にとって特別な出来事があった。シャネルの専属調香師ジャック・ポルジュ氏にお会いすることができたのだ。調香師とお話しする機会を得られるなんて、香水好きの私には夢のよう。しかも、ポルジュ氏は私の好きな作品を数多く生み出した憧れのひと。不躾は承知の上。私はポルジュ氏に、自分がどうして香水が好きなのか、思い切って話してみることにした。香りを使って表現する仕事についているひとなら、私が考えていることを理解してくれるのではないか、そう思ったからだ。

〝香りというものは、見えないし、聞こえない。だけど、確実に存在する。その存在を確かめるためには、自分の鼻を使って嗅いでみるしかない、そういうところが好きなんです――〟

雑誌の広告を眺めているだけではだめ。ボトルを眺めているだけでもだめ。自分の足でカウンターに行き、ムエットに香水を吹きつけ、嗅いでみる。そこからしか香水との関係は始まらない。私は、私たちの体を動かし、経験することを求めるものが好きなのだ。

また、香りというものは、あんな感じ、こんな感じ、トップノートは、ミドルノートは、と言葉を尽くしたところで、所詮嗅いだことのないひとには伝えることができない。その〝伝わらない〟〝伝えられない〟というところも、香水の魅力だと思う。

ひとは何でも言葉で語りつくそうとする。言葉を万能だと思っているふしがある。だけど、人間のボキャブラリーがカバーできることなんて、本当は、世の事象のほんの一部にすぎない。そういった〝言葉の限界〟を、香りは強く意識させてくれる。香水は、言葉の向こう側、語れない世界にあるものなのだ。

でも、それは香水だけに限らない。たとえば旅、たとえば恋愛、人生そのものもそうだと思う。それらはすべて、言葉で語りつくせぬもの。経験することでしか知ることができないもの。そして、そのひとにとってだけ、価値を持つもの、それぞれが自分でその価値を決めるもの。他人にとって良いものでも、自分にはそれほどではないかもしれない。また、他人にとってそれほどでなくても、自分にとっては良いものかもしれない。

旅、恋愛、人生、そして香水は、私たちにまっすぐに問いかけてくる。だから私もまっすぐ答える。どんなにみんながいいと言ったって、好きになれなかったら縁がなかったということ。香りを試すとき、香水と私の間には、無垢でシビアな対峙がある。その緊張感もたまらなく好きなのだ。

もしかしたら、ココ・シャネルというひとも、そういう考えを持っていたのではないだろうか。N°5のボトルから装飾性を極力排したのは、ボトルのデザインに惑わされず、香りと真摯に向き合うことを彼女が望んだから、香水は嗅覚に訴えるものであるという本質を示したかったからではなかろうか。そして、奇しくも、そのボトルは、日本人にとってまた違ったひとつの意味を持つ。

私はポルジュ氏に言った。

「日本には、大事なものは表や前ではなく、奥にある、という考えがあります。大事なものはひとの目にさらされるところにあってはいけないのです。N°5のボトルを見ていると、私はそのことを連想します」

このような日本人の思想は、いまの時代、馴染み薄くなりつつあるのかもしれない。すぐにわからなければ意味がない、中身よりもプレゼンテーションが重要だ、そう考えるひとも多い。だけど、私は、見えないことも、簡単にわからないということもそう悪くない、いや、むしろ素敵なことだと思う。ロマンティックだったりコケティッシュだったりエロティックだったりするものは、大抵見えない部分、隠された部分から生まれるのだから。そして、ひとを奥へ奥へと引き込んでいく。手繰(たぐ)り寄せていく。

ココ・シャネルにその意図があったかどうかはわからない。でも、N°5のボトルも、まさにその形をとっている。外観からは、閉じ込められた香りを想像することができないようになっている。

私は、N°5の端正なボトルと内にある香りの豊穣さ、そのコントラストに日本の女性を重ねているのかもしれない。そして、口下手で社交が苦手で無愛想、だけど、奥にある心を知ろうとしてくれるひとがいるならば、そのひとには自分を惜しみなく見せよう、そう考えている私自身をも重ねているのかもしれない。

ポルジュ氏は、私のひとりよがりな香水論に熱心に耳を傾けてくれた。うなずいてもくれたし、時には質問で返してもくれた。でも、何よりも私を喜ばせたのは、ポルジュ氏自身からいくつかの言葉が聞けたことだ。

彼は言っていた。香水が生まれ、こんなに長く生き続けているのは、香りでしか表現できないものがあるからだろう、と。香水というのは言葉を使わないひとつの方法である、と。イマジネーションを広げるためにはミステリアスであることが重要だ、と——。

ポルジュ氏の言葉は簡潔で、香りに心奪われた私の気持ちを見事に代弁してくれる。文章を書く仕事をしているのに私の説明は要領を得なくて情けない、そう思わないでもなかったけれど、それでも、子供の頃から鼻をくんくんさせながら、ずっとひとりで考え続けていたことを初めて他人に打ち明けて、しかもその相手が調香師ジャック・ポルジュ氏で、「あなたの言っていることがよくわかります」——そう言ってもらうたびに、私はまるでドキドキしながら提出したテストに及第点をもらったような気分になった。

その夜、ホテルのベッドに入り、N°5パルファムの資料をもう一度読み直してみた。そこには「香水は、詩的な形態です。言葉を使わずに、あふれるほどのことを伝えます」というポルジュ氏の言葉が書かれていた。

窓の外、空にかかる月は満月だった。

＊

東京行きのフライトまであと一時間。空港まで見送りに来てくれた女友達が私に訊いた。

「どうだった？　素敵な旅になった？」

私は、小さく「うん」とうなずく。

「N°5って、本当に大事に作られているんだなあ、本当に大事に守られているんだなあって思ったな」

畑の管理、花の収穫、工場での抽出作業、調香師の哲学と感性。彼女はコーヒーを飲みながら、私の報告を興味深そうに聞いている。

「他にもいろいろなこと、考えた」

「たとえば？」

「私はね、女として一番望んでいることは、大事にされたいってことだなって気づいたの。ちやほやされたいとか、人気者になりたいとか、そういうのとは違う。大事にされたいの。そして大事にしてくれるひとを私も大事にしたいの。でも、もし、そう願うなら、大事に作られたもの、よく考えて作られたものを身に着けなきゃいけない。お洋服でも香水でもね。大事に作られたものを身に着けていれば、自分もそう接してもらえるんじゃないかと思うのよ。だって、そう願っているひとが、今年は今年の流行、来年は来年の流行って、どんどん使い捨てていくなら、言っていることとやっていることのつじつまが合わないじゃないの。もちろんそういう生き方もある。流行の最先端を軽業師みたいに飛び移って走り続ける爽快感もわかる。だけど、私はどうしたいの？　――結局、いつもそこへ戻るの。私にとって大事にされるということは愛されるということ。そして、愛されるということは、自分がしたい暮らしをして、それを受け入れてくれるひとがいるということ。私、旅の間、ずっと考えてた。N°5は大人の女性がつける香水というイメージがあるけど、大人の女性っていったい何なの？って。それでわかったのは、N°5はね、私を好きになって！という香りではないのよ。誰かに気に入ってもらいたくてキョロキョロしている女ではなくて、受け入れられているという安心感を持った女がつける香水なのよ。女のひとにとって安心感ってとても大きなものでしょう？　それがあればのびのびした気持ちでいられるし、食べたり、飲んだり、笑ったり、それだけじゃなく、怒ったり、悲しかったりという感情ものびのびと表現できるじゃない？　そういう自分の持っている自然な感情を肯定できるひとは表情豊かだし、人生を楽しんでいるように見える。つまり、そういう女性が大人に見えるってことだと思うの。〝大人の女〟という言葉をみんな安易に使うけど、本当は年齢なんて関係ないんだと思う。女の子でもおばあさんでもいいの。女に生まれて良かったなあ、そう思っているひとなら、いくつであっても誰であっても、〝大人の女〟になることができるし、N°5をつけることができるのよ」

わかったようなわからないような、女友達は曖昧な表情を浮かべている。私は、突然、思い立ち、ハンドバッグからN°5のボトルを取り出した。

「手、出して」

唐突な命令に、彼女は左の手のひらを無言で差し出す。私はそこへ小さなボトルをそっと置いた。

「これ、あげる。恋人ができたら試してみて。私の言っていることがきっとわかると思うから」

「……ありがとう」

そう言ってボトルを包む彼女の指は、ジャスミンを摘む女たちと同じ、柔らかな指。その手のひらは、ジャスミンを摘む女たちと同じ、はかないものを愛する手のひら。ココ・シャネルから私へ、私からまた別な女性へ。長い歴史をわたりながら、こうして秘密は手渡されてきたのだろう。女から女へ、いつも秘密は秘密のままに手渡される。語るべき言葉は香りの中に託されて。

「クリスマスはどうするの？」

「まだ休みがとれるかどうかわからないの」

「休みがとれたら、パリに来なさいよ」

九月、十月、十一月。そして十二月がやって来る。

「そうね、休みがとれたらきっと来るわ」

頬杖をつく私の手首の内側から、あの畑で摘んだジャスミンの香りがほのかに漂う。旅の終わりに、私はその香りを静かに、そして胸いっぱいに吸い込んだ。ネロリ、イランイラン、ローズ・ドゥ・メ、サンダルウッド……重なり合い、溶け合った香りの奥に、あの畑で摘んだジャスミンが咲いている。朝の光に照らされた白いジャスミンが咲いている。

美しい

ショーウィンドウの向こうの靴を眺めるとき、飾り棚に並べられたバッグを眺めるとき、私の心には、「美しい」という言葉が浮かぶ。「カワイイ」でもない。「欲しい」でもない。最初に浮かぶ言葉――「美しい」。

まるで美術館の絵の前に立ったときのような気持ち。吸い込まれるような気持ち。いったいどんなひとがこのラインを引いたのだろう、いったいどんなひとがこの色を選んだのだろう。これを作った誰かがどこかにいるという不思議。

それからおもむろに考える。

でも、私の手には入らないんだろうな。こんなに美しいものは、私じゃない、きっと誰かのために作られたもの。手が届かないものに決まっている。それでも私は手を伸ばす。抑えきれなくなって手を伸ばしてしまう。

そしてはっとする。そうだ、この美しいものを私は私のものにしてもよいのだ。私は許されている。ここはまるで美術館。でも本当の美術館じゃない。触れてもいい、美しいもので私を飾ってもいいのだ。私は許されている。女たちは、許されているのだ、と。

冬の動物園

short stories 1

あなたとわたしは似ていない。

*

何から何まで違うから、時々わたしは不安になるの。あなたの旅はバックパックで出かける旅。わたしはスーツケースにトロリーケース、ヴァニティーケースにショルダーバッグ。これでも荷物は減らしたつもり。

わたしだって努力はしている。だけど、日数分のワンピース、それに合わせて靴も持たなきゃいけないし、ランジェリー、コスメティック、ルームシューズに読みかけの本。忘れちゃいけないのは、ボディクリームと日焼け止め。疲れたときに齧るチョコレイト。

あなたは、引っ越しみたいだね、と笑うけど、わたし、このままじゃダメかしら。わたしたち、一緒にヴァカンスを過ごせると思う？

＊

電話でお喋りするときも、あなたとわたしは似ていない。あなたは口数が少なくて、わたしばかりが喋っているの。あなたは大事なことは話してくれる（待ち合わせの時間とか）。だけど、どうでもいいことは話さない。訊けば答えてくれるけど。それにくらべてわたしの話は蝶々みたい。ふわふわ寄り道ばかりしているの。偶然見つけた小さな花屋、新しく買ったミルクパン、週末に観たリヴァイヴァルムーヴィー、友達の家に生まれた茶トラの仔猫。途中で首をかしげることもある――わたし、何を話そうとしていたのかしら。

そんな調子の長電話も、あなたは楽しいと言ってくれるけど、本当に本当にそう思ってる？

＊

お買いもの帰りに立ち寄ったカフェで、窓から通りを眺めていたら、向こうにリンゴのマークのショップが見えた。ひとがひっきりなしに出入りして、包みを抱えたひとたちは、みんな嬉しそうだった。そういえば、あなたも話していたっけ。新しいモデルが出るってこと。あなたはわたしと違うのね。オフィスを出たら、パソコンのモニターなんて見たくもない、わたしはそう思うのに。

だけど、頬杖をつきながら考えてみたの。わたしたち、本当にそんなに違うかなって。新しいものが気になるのは、わたしだって同じだし、それが綺麗なものならなおさらよ。箱を開けるときのあの快感。ワクワクする気持ちなら、わたしにもわかる。

テーブルの上に置いた小さな黒いショッピングバッグ。中にはリップスティックが入っている。

ねえ、知ってる？　今年の新色には女の子の名前がついているんですって！

＊

あなたのことがわからなくなると、どうしてだろう、って考える。どうしてだろう、って考えて、考えているうちに悲しくなって、涙が出てくることもある。そんなとき、あなたは大抵黙っていて、だからますます悲しくなって、ますます涙が出てくるの。だけど、あなたの顔を盗み見ると、あなたも少し悲しそうで、もしかしたら、いま、あなたも同じことを考えているのかな、って思う。わたしのことがわからなくて、どうしてだろう、って考えているのかもしれない。
　もしもそうなら——ここで、わたしは気がつくの。神様がアダムとイヴを作ったのは、違う人間を作っておいたほうがいいと考えたからじゃないかしら？　似ていちゃだめで、似ていないからわからなくて、わからないからわかろうとする、それが大事なことなのかもしれない。「好き」っていうのは、たぶんそういう気持ちのことよ。あなたはわたしをわかりたい。わたしもあなたをわかりたい。あなたとわたしは似ていない。そんなふたりが一緒にいる。それが「好き」ってことなのよ。

あなたは私のくるぶしを見ている

はっきりしないとかどっちつかずだとか中途半端だって言われるけれど、私は子供の頃からこういう性格だし、この先もそれほど変わらないと思う。あなたがイライラしていることは知ってているわよ。はっきりした人だもの。でも、はっきりしているのがいいことだっていうのは、あなたの勝手な言い分よ。あなたがはっきりさせたいだけでしょう？　あなたと彼、どちらかに決めないといけない？　いますぐ？　でも、あなたと彼は違うじゃない？　同じ人間で同じ男の人だから、まったく違う生き物というわけではないけれど、全然違うタイプよね。いつか？　どちらかに決めるのか、ですって？　それを先に決めなきゃいけないの？　そんなのナンセンスだと思うけどな。慌てて決めなくたっていいじゃない。すべてはなるようになるのだから、そのままにしておけばいいのよ。そうすれば、あなたと私は、この先、ずっと友達かもしれないし、恋人同士になるかもしれないし、もしかしたら結婚しちゃうかもしれないけど、自然と落ち着くところに落ち着くでしょう。私には夢なんてないの。だって夢を描いたら、実現するかしないかっていう話になっちゃう。でも、そういうことを決めないうちは、私は何にだってなれる。ウサギや猫になるのは無理だけど、まだ若いから、世の中の仕事の、そうね、半分ぐらいなら挑戦できるんじゃないかしら。これから自分がどうなるのかわからないって楽しいことよ。わくわくするわ！　男の人たちはいつも、右か左か、善か悪か、敵か味方か、どちらかに決めたがるけど、そんなに現実は単純じゃない。単純じゃないから面白いのよ。複雑だから世界は綺麗なの。昔ね、詩人のお友達がいてね、私、高校生のとき、大失恋したんだけど、その人がこう言って慰めてくれた。傷のないガラスよりも、傷のあるガラスのほうが光を通したときに乱反射して綺麗だよって。私が曖昧なことばかり言うから、駆け引きしていると思う人もいるみたいね。そんなつもりないし、そういうのはくだらない。思ったとおりに振舞うことが、まわりから中途半端に見えるっていうだけで。言い換えれば私は完璧主義者なの。自然であることに完璧でいたいの。誰かに納得してもらうために、無理やり理屈をつけて、何かを決めるのは嫌。幸せっていつもニコニコしているってことじゃないでしょ？　悲しい日も疲れている日もイライラしている日もあるけど、全体的に幸せだなって思ったら、幸せなのよ。

こういうのって、複雑な分、ものすごくバランスが大事なの。いろいろな感情があるけど、大雑把には幸せ、そこをキープするのが大変なの。つまりあなたと私の関係も微妙なバランスの上に成り立っているわけ。正直に言って、あなたのこと、好きな日もあれば嫌いな日もある。それでもこうして私はあなたに会いに来ているんだから、いまは十分じゃない？

え？　私のパンツの丈が？　中途半端？　これは関係ないわよ。流行よ。今年の秋の流行なの。

冬の動物園

目を覚ますと私は見知らぬ部屋にいた。

学生が住むような、小さなワンルームマンション。赤い天板のテーブル。私の体には紺色の毛布がかけられていた。

ガスコンロの上でやかんがしゅうしゅうと湯気をあげ、その湯気が部屋に満ちている。キッチンに立つ彼の背中が目に入った。声をかけようと思ったけれど、その力すら出ない。

私は再び眠りにおちていった。

何時間眠ったのかわからない。再び目を覚ますと、窓から射し込む月あかりの中、彼がテーブルに突っ伏して眠っているのが見えた。

この部屋にはベッドがひとつしかない。そのベッドを私が占領しているのだ。

私は申し訳ない気持ちになって、体を起こし、彼の名前を呼んだ。

それほど深く眠ってはいなかったのか、彼は、一度名前を呼んだだけで顔をあげた。

「気分、どう?」

「おかげさまで少し良くなったみたいです」

そう答えてから初めて、私は自分がグレーのパジャマを着ていることに気がついた。

「私、何時間眠っていたんですか」

彼はキャビネットの上に置かれた時計に目をやった。三時半だった。


動物園に行きたい、と言ったのは、若い娘にありがちな気まぐれからで、さほど深い意味はない。カメラマン、デザイナー、ミュージシャン——どんなに華やかな仕事につく男性も、食事かドライヴ、その後は、ホテルか自室、いきつくところは結局ベッド。そんなデートコースに飽き飽きしていたのだ。

その日、表へ出ると空は高く澄み渡っていた。冬の晴天。あいにく風は冷たい。「買ったばかりのコートを着ていくにはうってつけの日曜日」と心の中でつぶやき、私はオレンジ色のコ

TOKYO
SYDNEY

ートの襟をかき合わせ、そして、その後、その言葉のおさまりの悪さが気になり、少し考えてから、何年か前に読んだ小説、「バナナフィッシュにうってつけの日」のことを思い出した。

上野駅まで電車で向かい、正門前で待っていた彼と切符を買って中に入った。象を見て、ライオンを見て、トラを見た。彼は無口で少しも楽しそうではなかった。

「ふくろうって、顔が上下に一八〇度、前後にも一八〇度回すことができるんですって」

なけなしの知識を披露しても、返ってきた言葉は「すごいね」というひとことだけ。初めて一緒に出かける男性と動物園というのはいささか無理があったかもしれない。やっぱり普通に映画でも観て、お茶を飲めばよかった。後悔の念がよぎったけれど、提案したのは自分なのだ。帰りたいとは言えない。


気まずい散歩の最中、雪が降り始めた。

今日の天気にオレンジ色のコートは薄すぎた。体はどんどん冷えていく。「寒い」とも「帰りたい」とも切り出せず、とぼとぼとうつむいて歩く。熱も出てきたような気がする。悪寒がする。ペンギン池の前に辿り着く頃には、吐き気に襲われ、とうとう私はその場にうずくまってしまった。目も開けることができず、時々意識が遠くなったり、戻ったり、タクシーに乗せられたことは覚えているけれど、私を抱えた彼との間にどんな会話があったのか、私には、うん、うん、と頷くのが精一杯で、それ以上の記憶はない。


彼がスタンドライトをつけたので、部屋の中がぼんやりと明るくなった。

「横になったらどうですか」

とベッドに腰掛けたまま私が言うと、彼は少し驚いた顔をした。

私は慌てて「始発で帰りますから」と付け加えた。

そして、(まだ、それほど好きじゃないもの)と心の中でつぶやいた。

着替える場所がユニットバスしかないので、ついでにシャワーを使わせてもらうことにした。いくら私が野放図に育った娘だとしても、男性と扉一枚隔てたところで裸になるのは緊張する。注意深く脱いでいるつもりなのに、便器や洗面台に手足がぶつかり、その度に、ごん、ごん、と大袈裟な音が響く。

身のすくむ思いでシャワーの水栓に手を伸ばした時、扉の向こうから音楽が流れてきた。彼がCDをかけてくれたらしい。初めて聴くジャズピアニストだった。

バスルームから出ると、彼はドライヤーを用意して待っていた。テーブルにはホットミルクの入ったカップが置かれている。髪を乾かしてくれるというので、私は大人しく椅子に座った。

時計の針は五時を指している。

外は暗いけれど、電車はもう走っているはず。髪の毛を乾かしてもらったら、帰ろう。

「パジャマは洗濯してお返しします」と言うと、彼は、そのまま置いていっていい、と言う。そうは言っても、自分の匂いがついたものを他人に預けるのは抵抗がある。私は「必ずお返しにあがります、一週間以内に」と固い口調で言った。

部屋の中には変わらず同じピアニストの音楽が流れていた。

何度も何度も彼の指が私の髪を梳いた。

「これ、誰のですか」

そう訊ねると、彼はドライヤーを動かす手を止めることなく、「そこにジャケットあるよ」

とぶっきらぼうに答えた。

テーブルの上を目で探すと、右手にＣＤが二枚置いてある。どちらも黒人ミュージシャン。どちらも古いジャズのアルバムだった。

「イラストのほう」

その言葉に従って、私は飛行士の格好をした男が描いてあるジャケットを手に取って眺めた。


ふうん。

セロニアス・モンク。

私はドライヤーの熱風に吹かれながら、ホットミルクをすすった。

知らない。

でもいい。なかなかいい。結構好き。

あてずっぽうで言ってみた。

「いまかかっているのって、もしかして『Ruby, My Dear』って曲？」

「そう」と短く彼は答えた。

「知ってるの？」と訊き返されたので、私は小さく首を振った。

「知りません、勘です」

アルバムの最後の曲が終わる前に、ドライヤーのスイッチは切られた。

もう一度、私の髪を梳いてから、「スプレーかけとくよ」と彼が言った。

「はい。お願いします」

私は目をつぶって息を止めた。

彼は美容師、私は大学生。彼は二十六歳。私は二十歳だった。

抱きしめたい

八百屋で買った蜜柑の袋をぶら下げて、冬の青山を歩く。大通りからひとつ裏に入れば、そこは閑静な住宅街。この季節であっても、浮かれた気配はない。どの家も固く門を閉ざしている。並木の黄色い葉は落ちて、侘しい景色を薄曇りの空が覆っている。

私を追い越していくバスを横目に、乗れば良かったと後悔する。

日が翳(かげ)ってきたら、急に冷え込んできた。喫茶店を見つけたら入ろう。温かいコーヒーが飲みたい。砂糖もミルクも入っていないコーヒーが。

トートバッグのｉＰｏｄから長く伸びたコードの先に私の耳。はっぴいえんどの「抱きしめたい」が流れている。しみじみ思う。男性の気持ちなどわからない。私はつくづく男の気持ちがわからない女だと。

彼は私を愛しているのか。どれぐらい愛しているのか。どんな風に愛しているのか。そもそもそれは愛という感情なのか。それを愛と呼ぶならば、彼が抱いている愛という感情と、私が抱いている愛という感情は同じものなのか。ずいぶん考えてみたけれど、結局何もわからなかった。

タータンチェックのマフラーに顎まで埋めて、何度も自分に言い聞かせる。終わった恋愛のことなど考えても仕方がない。

男友達は言っていた。

——すれ違っていくしかない人間もいるんだよ。

——どんなに好きでも?

——どんなに好きでも。

——彼も私のことが好きなのよ?

——それでもすれ違っていくしかない人だったりするんだよ。

自分の未練がましいせりふに思わず赤面する。

お互い好意を抱いていても、壊れていく恋愛が世の中には掃いて棄てるほどある。

なぜならば——静かについたため息は唇の前で白く濁る。
なぜならば、異質な二者の間で起こる甘い摩擦、それが恋愛というものだから。

私はトートバッグの中に手をつっこみ、手探りでもう一度「抱きしめたい」を再生する。鈴木茂のギターと大瀧詠一の声が、私の脳裏に、汽車の窓から見える風景を描いていく。

ぼくは烟草をくわえ一服すると、きみのことを考えるんです。

そこまできて、私はまた曲を頭に戻す。

烟草をくわえ一服すると、きみのことを考えるんです。

今頃気づいても遅い。

だけど聴き返さずにはいられない。

烟草をくわえ一服すると、きみのことを考えるんです。

きみのことを考えるんです。


女たちは訊ねる。

「私のこと、いつも考えてくれている?」

こうして散歩している間も、いや、正しくは、朝起きてから、夜寝るまで、恋する女たちは、頭の片隅に住む恋人に、四六時中話しかけている。

男は違う。

一日のほとんどの時間、私たちは放り出されている。そして、一日の隙間、隙間に呼び出される。煙草をくわえて一服した後、ぽっかりできる空白に滑り込む女、まさしくその女が彼らの恋愛の相手なのだ。


坂の途中に喫茶店があることを思い出した。あそこまで歩こう。コーヒーを飲もう。店員の目を盗み、蜜柑をこっそり食べるのだ。

夕刻の風に吹かれた鼻の先が冷たい。


恋をすると、誰もが次々と湧きあがる疑問に悩み、悩んだ末にひとつの結論に辿り着く。

女が語る「男とは」にも、男が語る「女とは」にもさしたる真実はない。

男は女を理解できず、女は男を理解できない。投げ出された現実を前にただ途方に暮れるばかり。

今年は雪が降らないと聞いた。生ぬるい冬になるのだろうか。

私は再び「抱きしめたい」を聴きなおす。終わった恋愛のことを考えても仕方がない。すれ違っていく運命も、私の運命であることに変わりはない。けれど、もうしばらく、この曲を聴きながら歩いていたい。彼は確かに私を愛していた。この歌がそのことを私に教えてくれるから。

バカラ

テラスのテーブルを選び、並んで腰かけた。
彼の顔なら横顔で十分。どうせサングラスは外さないんでしょ。
私はアイス・カフェ・オ・レ。彼はビールだそうです。
私たちは煙草を吸いません。灰皿はさげてください。
風が街路樹の葉を揺らしていく。
沈黙があっても大丈夫。もう何年も一緒にいるから。
私たちは絵に描いたようなカップル。きっと誰が見ても美しい。
白いエプロンをつけたウェイトレスがグラスをふたつ、テーブルの上に置いていった。
私は小さなため息をつく。

液体がなみなみと注がれた大ぶりのタンブラー。カフェに入ると運ばれてくるのは大抵このタンブラー。

がっかり。

割れないやつ。割れても丸い破片になって散るやつ。私はこれが嫌い。

落としても割れないグラスは、落としても割れないという理由で誰もが使うグラス。落として割れても買い足すことができる、そのことに価値を持つグラス。

乱暴に扱えるからいい、耐えうる限り乱暴に扱いたいという人間の身勝手さ、傲慢さを思い起こすから、私はこのタンブラーが嫌いなの。

目をつぶって、私はアイス・カフェ・オ・レを飲む。

私が好きなのはバカラのグラス。なぜならきらきら光るから。水の中に浮かぶ氷に似ているから。そして、ちゃんと割れるから。

バカラのグラスは使ったらすぐに洗わなくちゃいけないの。他の食器とまとめて洗おうなんて横着しようものなら、大抵ぶつけて割ってしまう。

バカラの破片は鋭く尖って、砕けて光る。

握力の弱い私は、バカラのグラスをいままでいくつも割ってきた。そのたびに彼はあからさまに呆れた顔をする。

「そういうグラスはさ、普段使うものじゃないんだよ」

割れたグラスの破片を片付けるとき、私が泣いたりするのは、彼のひんやりした口調に傷つくからじゃない。ただ、グラスが割れたことが悲しいだけ。どうしてもっと注意しなかったのか、と自分を責める。

バカラは私に警告する。

壊れたものはもう元には戻らない、壊さないように努力するしかないのだということを。

失うことへの恐れや壊れやすいものを慈しむ心を忘れずに。

友達の結婚祝いには、いつもバカラのワイングラスを選ぶ。

「そういうの、やめなよ」と彼は言う。高価なものを贈ると、相手の気持ちの負担になるから、消えてなくなるものが一番なのだそうです。そうですか。そうかもしれません。一理ありますね。

でも私には私の考えがある。人間の関係は一度傷ついたらもう元には戻らない。男と女の間なら、尚更そう。だから、取り扱いには細心の注意を払ってね。何回落としても割れないから安心、それが信頼、それが強い愛情だなんて嘘だと思う。違うと思う。赤い箱を贈るとき、私はそういう気持ちをこめていた。「高いから」という理由でかまわない。「割らないように気をつけて」二人の間でそんな言葉が交わされることを願っていた。

彼は、贈答品ならワインがいいよ、と言う。

そうね、それもいいよね。二人で飲んでね。でも、ワインはその夜、楽しいだけでしょ。翌日には空き瓶がゴミ箱に消えるのよ。きっとキッチンシンクには、赤く汚れた割れないグラスが突っ込まれている。

それがみんなの幸福のイメージなら、それはそれでかまわない。私には関係ない。

彼の表情を盗み見る。美味しそうにビールを飲んでいる。

ねえ、私、あなたが他の女の子と寝ているのを知っているのよ。

こちらを向かないうちに切り出そう。

私はタンブラーの中のアイス・カフェ・オ・レを急いで飲み干し、この夏を変える魔法の呪文を呟いた。

「もう別れたいの」

もうすぐ梅雨が来る。雨の季節が。

12のスケッチ

short stories 2

正直なことを言えば、誘われたとき、しらけた気分になった。

この男は、私が「恋愛」に興味がない女だということが、まるでわかっていない。

「帰る」と言っても「旦那には黙っていればわからないよ」と食い下がってくる。

黙っていてもわかるときはわかるわよ。

夫の顔がぼんやり浮かんだ。

「あなたにとって、それは刺激的なことなのかもしれないけれど、私にはわずらわしいだけなのよ」

そうぶちまけたい衝動に駆られながらも、それもまた無意味なことと思われ、「またね」と言って、車から降り、タクシーに乗り換えた。

東京の夜のどこが好きかといえば、華やかな繁華街ではなく、明滅する信号が浮かぶ人気のないオフィス街や寝静まった住宅街。空いている道をタクシーで走り抜けるのは気持ちがいい。あと数時間もすれば朝が来て、何も知らぬ人たちが動き始める。

秘密は夜とともに消える。

「こんなことしていても時間の無駄じゃない？」

そう呟くと、男は恨みがましい顔をした。

「恋愛なんて時間の無駄じゃない？」

本当はそう言いたかった。

私は野暮な人間で、無駄なものが嫌い。無駄な感情も。現実以上に大切なものは何もないし、現実以外に興味がない。

そのことに気づくまで、ずいぶんと回り道をした。

女にとって、恋愛は常にまとっていなければならないもの、とでもいうような、強迫観念に私も巻き込まれていたからだ。

そもそも、どうして女は、いつも恋愛のことを考えていなければならないのだろう。

子供のときから、女の人生のプライオリティのいつも一番上のほうに、それはあたりまえのような顔をして鎮座している。

確かに、私も若い頃には恋人をしばしば取り替えた。恋愛にまつわる雑事に多くの時間を費やした。それがごくあたりまえの女の姿だと思い込んでいた。

しかし、そんな生活が甘く楽しかったわけではない。

定まらない自分とめまぐるしく変化する現実につり合う相手をいつも探していなければならなかった。

ただただ多忙で、殺伐としていて、いつも疲れていた。

結婚したとき、これからは恋愛なんてものに関わらなくてすむと思った。風が吹いていくような痛快な気持ちだった。

——恋愛なんてお菓子みたいなもの、なくたって生きていける!

私の住む世界は、そのときやっと開かれて、明らかに軽くなったのだ。

「浮気には興味がないの」

車を降りたのは、私が身持ちの固い女だからではない。

できるだけ面倒なことに関わりたくない。

それだけが理由なのだ。

私が願っているのは、平穏に過ぎていく毎日の暮らし。

私が欲しいのは、コントロールできる人生。

愛情などという牧歌的な感情ではない。

だから、もし、別な男が、私の前に、より魅力的な日常を持って現れたら、私は迷わず行動に移す。やって来た電車に飛び乗る。


世に名を残す恋多き女。

彼女たちは、現実に即して動いているだけなのかもしれない。

行動力が抜きん出ているだけなのかもしれない。

本当は、恋愛などしていないのかもしれない。

それが正解ならば、手品と同様、仕掛けは簡単である。

結婚したらわかること

女友達が結婚した。
まずは、彼女の夢が叶ったことに乾杯する。
結婚式はいい。誰もが着飾り、笑顔で酒を飲み、無責任に騒ぐ。
古典劇のようなパーティ。たくさんの禁句。享楽的。なにより洗練されている。
しかし、はたして結婚とは明るい話題なのだろうか。
人と人とが結びつく。新しいことが始まる。そう多くの人が信じている。
私も確かにそう思っていた。自分が結婚するまでは。

(次に起こることってなんだろう)
式、パーティと花嫁の役を無事つとめ終え、私は解放感に浸っていた。

届けられた花に溢れる新居の床に寝転んで、天井を眺める。

末永くお幸せに――。その言葉をこの数日で何十回、いや何百回耳にしたことか。

その度に「末永くなるかどうかはわからないけど」と胸の中でつぶやいた。

今日が終われば明日が始まる。次に起こること。結婚の次に起こること。

寝返りをうつ。その瞬間、答えはあっさりひらめいた。

(……そうか、結婚の次に起こることって、離婚か)

「するか/しないか」という選択は、入籍を境に「続けるか/やめるか」の選択に変わるのだ。


仕事や住処、経済観念、そして将来。お互いのよしとするものの輪郭は、それまではいつもおぼろげで、おぼろげならうちはお互いをとても似ていると感じることができる。だから、きっとうまくいく。きっと大丈夫。そう思うのだ。

ところが、似ているはずのふたりが始めた日々の生活は、いかにふたりが似ていないかという確認の繰り返し。

私たちは全然似ていない。全然違う。誰もが首をひねる。オカシイナ。

結婚は照らし出す。目を背けることを許さない。

新たに入り込むそれぞれの家族は「親は自分の子だけを愛している」「子は自分の親以上に相手の親を思うことはできない」という現実をつきつけ、ふたりを裂いていく。

歩み寄ることはできても同化することのない生命体。

結びついたり、生み出したりするイメージに根拠はなく、むしろそのイメージが実態とは無関係であることに、ふたりは気づく。

ひとつ屋根の下の別々の人間。別々の人生。

時間は容赦なく流れ、それぞれを変質させていく。止めることはできない。


結婚のイメージと実態のあまりの違いに、私もひとなみに戸惑い、愕然とした。

なんのために結婚したのだろうと悩みもした。

けれども、いまはこう思う。「結婚は、この愕然を経験するためにある」と。

生涯の伴侶という爵位を与えられたとしても、自分のことは死ぬまで自分で面倒見るしかないのだ、他人の人生に気安く介入してはいけないのだ、そもそも家庭とか伴侶とかいう言葉には、何ら実体はないのだ――その取るに足らぬ真実を知るため、無責任な祝辞に飾られた結婚に人々は挑んできた。

結婚を通して私が実感したことはすべて、「結婚してもしなくても、自分の人生は何ら変わることはない」という結論に集約される。

重なると信じ、二本の線は歩み寄っていく。そして「結婚」という儀式によって、幻想から解放され、離れていく。平行線を平行線のまま走らせるため、一時的に力を加える、「結婚」という名のシステム。


自分が信じていた世界が、べろりと皮を剝くように違った顔を見せる。考えようによっては、これほど面白い見世物はない。

「結婚ってね、こんなものかって、わかるためにするのではないかしら。私は、わりと何でもわかりたいと思っているから、結婚してよかったと思っているけれど」

そう言うと、大概の独身者は顔を歪める。不快感をあらわにする。

説明したところで無駄だろう。私だって、結婚するまで、結婚がそんな偽悪的な仕掛けだとは知らなかった。

結局、人は「孤独とはつらいもの」という概念から逃げられないのか。幻想に頼らねば孤独に飛び込むことができない、愚かな生き物なのだろうか。

「どうせひとりから逃れられないのだから」という前置きを飲み込んで、私はいつも薄ら笑いを浮かべる。

「結婚なんてする必要ないと思うよ」

浮気の理由

「仕事が遅くなったからホテルに泊まったって言い訳しているらしいけど」

「そんなの、タクシーで帰ったほうが安いじゃない」

「ところでどうしてそれがバレたの？」

「クレジットカードの明細だって」

「……あ、バカ」


それは、とある女性のご主人が浮気をしているという噂だった。

彼女の結婚披露宴にお招きを受けた私は、ご主人とも面識がある。そのときの印象が、「この男は浮気性だな」というものだったので、バーで聞くゴシップにもさほど驚きはなかった。

女性が十歳上という年の離れたカップル。幸せそうな新婦のとなりに寄り添うタキシード姿の新郎を、「まだ遊び足りないんじゃないの」と冷ややかな気分で眺めたことを思い出す。「結婚してから遊べばいいのか……」と、無責任にひとりごちたことも。

なぜ、そのとき、そんなことを考えたのか。

新郎は三十歳になったばかり。私と同い年。だから、ごく自然にそう思ったのだ。私も含め、まわりの友人を見ても、相手を取っ替え引っ替え、まだまだ落ち着かない年頃だったから。

他人の家庭のことだし、同情する気もないけれど、人気ヴォーカリストとして活躍している彼女の立場を考えると、気の毒には思う。ご主人も浮気相手も同じ業界、登場人物が華やかなだけに、噂はあっという間に広まるはずだ。

自分が歩く後を、影のように「あの人の旦那って……」と、不愉快な好奇心が追いかけてくるのだから。たとえ、夫婦の間ではまったく問題になっていないことであっても、人は物語を作りたがるものだし、また、その物語に参加したがるものだ。

私は、恋人にも夫にも、「浮気をしないで」と頼んだことはない。けれど、「浮気みたいな個人的なことで、私に迷惑をかけないで」と言ったことはある。

新しい配偶者を見つけてしまったというのなら、現実を受け入れるしかない。しかし、浮気で終わる範囲の話ならば、口の端に上らぬように注意してもらいたい。

このような主張をするから、冷たい女と思われるのだろうか。

私は、愛情というものを、表現よりも信頼で確かめる人間なのだ。縁あって一緒に暮らすようになった他人の、せめて面目ぐらいは潰さぬよう、と考えるのが、男女の仁義と思っている。私が浮気をしないのは、いや、正しくは、尻尾をつかまれるようなことをしないのは、恋人や夫に迷惑をかけたくない、それだけの理由。

「人からどう見られようと、どう言われようと関係ない」

そう言い切るのは簡単だけど、現実には人の目のない場所などない。そして、人の言葉にたやすく傷つく、所詮、心は脆いものなのだ。

人間の想像力は、他人の人生の内側まで入り込もうと、いつも待ち構えている。

愛する人を（一度でも愛した人を）、悪意の想像力にさらすのが忍びない。

生活に不満があったとか、魅力に抗えなかったとか、浮気をするにも理由があるように、浮気をしないことにも理由はある。

私にも、いつか、その理由を翻し、恋人や夫の面目なんて、どうでもいい、踏みにじること も厭わない、と思う日が来るのだろうか。

もしかしたら、踏みにじりたい、踏みにじってやりたい、という気持ちが芽生えることもあるかもしれない。

浮気という言葉から、私が連想するのは、愛情が枯れていく、という本質的な問題ではなく、悪意に飲み込まれる恐怖である。

物書きという、想像力に頼った仕事をしているにもかかわらず、私は人間の想像力を嫌悪しているのだ。

寿命

突然、電話で呼び出されるのはいつものこと。彼と私はそういう関係なのだ。

もしや、と思ってはいたけれど、案の定、「離婚することになった」という報告だった。

こんな夜中にハンバーガーショップで男友達の打ち明け話を聞いている私って、いったい何なの。

「来週出る週刊誌に載ると思うから、先に話しておきたくて」

はいはいはいはい。私に・話す必然はないわけで、誰かに・話したかったのよね。今夜は最後までつきあいましょ。何時間でも存分に喋ったらいいわ。

聞き役は嫌いじゃない。むしろ、面白い話など求められても困る。相槌を打つ以外、特技なんてないもの。だけど、彼が離婚することはわかっていた。私には、もうひとつ、誰にも言えない特技があるから。

それは、子供の頃から備わっていた能力。白い衣装のふたりをじっと見ているだけでいい。母に手を引かれ、連れていかれた、いとこのお姉さんの結婚披露宴。黒いエナメルの小さな靴をぶらぶらさせながら、私はひとり悲しい気持ちでオレンジジュースを飲んでいた。本当に幸せそうなのに、金屏風の前に並ぶふたりが、この先、別れることがわかるのだ。

なぜそんなことが察知できるようになったのか。きっと、幼心に別れというものが恐ろしかったのだと思う。怖くて、怖くて、暗がりで目を凝らすようにして暮らしていたのだと思う。そうやって暮らすうち、目を凝らせば暗闇の中のさらに暗い部分が見える、そのことを知ってしまった。当時、私は四歳。平穏な家庭だったはずなのに、父との生活に終わりがあると確信していた。

「星にも寿命があるし、人にも寿命があるでしょう。人間の築く関係にもすべて寿命があると思うの」

男友達は、狐につままれたような顔をした。

「寿命だったのよ。仕方がないのよ」

別れ際に手をふると、彼はひどく弱々しく笑った。

「週刊誌はたぶん読むと思うけど、あなたの話を信じるから」

＊

恋人が私を見つめる。私も目をそらさずに見つめ返す。いま、それぞれがひとりの将来を描いている。拒絶し合うふたりが見つめ合う。そんなとき、壊れてこそ、美しく輝くものがあるように、世の中には、存在する限り、醜いものがある、と思う。その醜いもののひとつは私たちだ、と思う。

＊

人間は馬鹿だから、失くしてみないと、終わってみないと、気づかないことがたくさんある。それならば、気づくために壊すことも価値のあることなのではないだろうか。たとえ、後悔というリスクを伴うとしても――。

そう考えることで別れから重力を取り払う。それが、私にとって、暗闇から引きずり出した恐怖に耐える術（すべ）なのだ。

　私は、自分の結婚の寿命がわからない。その能力は授からなかった。占い師が自分の死期を当てることが出来ないように、寿命は費（つい）えて初めて知るもの、それ以前に知ってはいけないものだから。


　今週末の食事の誘いも同じ告白。私の男友達はみんな、私を呼び出すとき、たいていその話。ただ何時間もうなずく女が欲しいのだ。

　二年前、三ヶ月遅れの新婚旅行のプランを立てていた彼。ロンドンのホテルを紹介して欲しいというメールに、悲しい予感が当たらないことを祈りながら、返信したことを思い出した。

「寿命だったのよ。蠟燭みたいに、最初から灯る年月は決まっていて、まっとうしてしまったってことでしょう?」

　星にも寿命があるし、人間にも寿命があるし——。それは、心の中で唱えた。

　はたして、私の言葉は、彼らの慰めになっているのだろうか。

不感症の女

「どうしてそんなことを言うの？　私はほめられて伸びるタイプなのに！」

バックステージで働いていると、ばつの悪い場面にしばしば出くわす。

レコーディングスタジオのロビーで、明日のミュージシャンの手配に、私は忙しく電話をかけていた。

振り返ると、向こうのテーブルで、女がマネージャーとおぼしき男性を睨みつけている。大きな瞳と漆黒の長い髪。美しさの中にどこか幼さが残る。それにしても、自らを〝ほめられて伸びるタイプ〟とは、婉曲というか、直截というか、要するにもっともっとちやほやしてほしいわけね。

しかし、愚かと嗤うには、彼女の声にはどこか悲壮感が滲んでいた。それもそのはず、若さと美貌を剣に勝負を挑んだものの、男は無言のまま彼女を見つめ、何の反応も示さない。その無表情の中には、軽蔑と呼ばれる倦怠を湛えた冷酷が含まれていたからだ。

それから半年が過ぎたある日。雑誌をめくっていると、いつぞやの彼女を見つけた。髪を切って、すっかり垢抜けている。

ポートレイトの下に、いくつかの質問と手書き文字の回答。

あなたが好きな言葉は？　あなたが好きな動物は？　あなたが好きなお菓子は？　そして、最後の質問。あなたが好きな人は？

――わたしを愛してくれる人。

右下には彼女のサイン。

あのマネージャーは、クビになったに違いない。

やれやれ。私はため息をついた。

ぼんやりと視界が濁っていくような錯覚に襲われる。まただ、と思う。

それについて考え始めるとき、私は授業についていけない出来の悪い生徒に戻る。

私には難しすぎる数式。なす術もなく、途方に暮れ、窓の外ばかり見ていたあの日に戻る。自分が誰を愛しているのか。それはわかる。なのに、私を愛してくれる人が誰なのかがわからない。親といても、恋人といても、夫といても、私には実感することができないのだ。

休日の夕刻。散歩がてらに立ち寄った本屋の女性向けコーナー。ピンクや赤の表紙が並び、「愛される女」になるための指南書があふれている。

ねぇ、どうして、そんなに愛されたいの？　わからない。私にはまるでわからないのだ。わかりたい。みんなが夢中になっているのなら、夢中になれるものならば、私も参加したいのに。愛こそすべてと歌う世界に。


「愛している」と思ってみては、「気のせいかな」と思いなおす。その間を私はいつも忙しく揺れている。それほどあやふやな人間なのに、しかも、あやふやな人間だということを自分自身が一番よく知っているのに、どうして他人の心を求めることができるのだ。身勝手すぎるじゃないか。そして、そんなあやふやなヒトという生き物の心を蒐集（しゅうしゅう）することに、いったい何の意味があるのか、私はその疑問からいまだに逃れられないのだ。

私は寂しい人間なのだろうか。

殺伐とした暮らしを送っているかといえば、そうでもない。とびきり幸せかどうかはさておき、不幸には及ばない。

「好き？　好き？　大好き？」

世界中の人が叫んでいる。

愛することなら興味が持てても、愛されることには興味が持てない女。

嫌われるということには敏感でも、好かれているということにはひどく鈍感な女。

たぶん、私は愛情不感症なのだ。

感じないから興味がなく、興味がないから不満もない。

あくびをかみ殺しながら、無関係な世界に生きる。

つまらないテレビを観るような退屈は、きっと死ぬまで続く。

革命

彼女がフランスに引っ越してからというもの、会えるのは年に一度。冬の休暇で私がパリを訪れたときだけ。セーヌ左岸、ポン・ヌフ橋のたもとに建つデパート、サマリテーヌの最上階のカフェでお茶を飲むのが私たちのお約束だった。窓際の席を陣取って、うす曇りの街を見下ろしながら、互いの一年のあれこれを報告し合うのだ。

「私はね、やっぱり自分が一番じゃなきゃダメなんだって思ったの」

オランダ人の恋人と別れたのは、彼の浮気性が原因だという。ホット・ラムを啜り、まだ本当は好きなのよ、と彼女は目を伏せた。

去年の夏、デパートは突然閉館した。行くあてをなくした三十路の女が、ピンボールのある寂れたバーで純情を語っている。しかし、いまの私には、それを笑い飛ばすことができない。

手のひらで包んだグラスの中の温かなワインに目を落として、私は言った。

「彼にとっての一番かどうかを、セックスで量れるとは思わないけどね。でも、あなたにとって体の独占は大事なことなんでしょ？　だったら、譲っちゃダメよ。譲っちゃいけないと思うよ」

私が小さなマンションを借りたのは、ささいな思いつきからのことだった。

増え続ける夫の蔵書。気がつくと家のほとんどのスペースが、それらで占領されていた。彼のセンスを疑っているわけではない。ライブラリーは私の好奇心を大きく刺激するものだったし、本に囲まれた私は何日でも家の中で遊ぶことができた。

しかし、ある日、気づいたのだ。ここは彼の部屋だ、と。

自分のものだけに囲まれた空間。私の部屋。私はそれがどうしてもどうしても欲しくなった。いま、それがないという現実を不当に感じるほど強く。

不動産屋から受け取った鍵をひねり、何もない部屋に入ると、敷きつめられた薄いベージュのカーペットが目に入った。

夫ならまっさきに剝がすであろう、そのカーペットのベージュは、子供の頃、母が私のために作ってくれたスカートと同じ色。

カーテンのない大きな窓から、明るい午後の陽が射し込んでいる。

私はコートも脱がず、その床の上に転がって、目を閉じた。

車の行きかう音だけが聞こえる。


広いベランダ。

桜の咲く庭。

部屋を吹き抜けていく風。

遥か遠くに光る海。

私が育った家。

私は昏々と眠り続け、夢を見ていた。

欲しいものがそれだと気づくのに、なぜこんなにも時間を費やしてしまったのだろう。

恋人の、夫の選ぶ暮らしに、私は「それでいいわ」と言い続けた。譲っているという気持ちすらなかった。本当に「それでいい」と思っていたから。私は、私にとって、それがどれだけ重要なものなのか、知らずに生きていたから。

目に見えるものなど、どうでもいいと思っていた。自分が、どれだけ目に見えるものに縛られた人間なのか、まるでわかっていなかった。

もっと早くに私が私を知っていたなら、「私にとって光は重要なもの」「風は重要なもの」「色は重要なもの」「空間は重要なもの」、音楽や食事や会話のセンス以上に譲れぬものなのだと強く主張できたであろう。

他人にとって取るに足らぬこと。しかし、自分にとって最優先にされるべきもの。それを言葉で伝えることができたなら、無駄な喧嘩などすることなく、人生の寄り道はもっと小さなもので済んだはずだ。

イライラしながら爪を嚙み、繰り返してきた恋人たちとの決別を思い返した。

アンパンマンは自分の顔をちぎって与える。だけど、現実の世界にジャムおじさんはいない。

パンは自分で焼くしかないのだ。


私の本を私の好きな順に並べる。

叶えた夢のあまりの小ささに、ひとり笑う。

私は、私を知るために、銀色の鍵を忍ばせて、今日も私の部屋に通う。

「浮気するなら、あなたとはつきあわない」

彼女は、新しい恋の入口で言えるだろうか。

ベランダのてすりにもたれ、私は煙草に火をつける。指が震えるたびに、雪のように灰が舞う。

——どうして、人間は後悔や悲しみとともにしか、自分を知ることができないんだろう。

春を待つイチョウ並木。白い月。煙は夜空に消えてゆく。

夏のいきれ

いつまでたっても私が誰かのものになれないのはなぜだろう。ときどきそのことを考える。結婚して結構な時間が経つというのに。旧姓を使っているから？　仕事に忙殺され、妻として過ごす時間が少ないから？　古女房とは、連れ添って何年目からをいうのだろう。

ほろ酔いで上機嫌な夫の顔を、まじまじと眺める。私たちはいつまで一緒にいられるのだろう。何の波風も立たぬ幸せなカップル。適度に裕福な暮らし。不満などない。生活に多くを望まない私には。

窓辺のカーテンをめくると、道を挟んだ向こう側のマンションも、我が家と同様、まだ灯りがついている。三階の部屋の向かいには三階の部屋。四階の部屋の向かいには四階の部屋。ここは閑静な住宅街、見下ろせど、夜道を歩く人はひとりもいない。信号のゆっくりした点滅に合わせ、辺りにふわん、ふわんと黄色い光が広がるだけ。私たちの生活は宙に浮いている。

私は子供を産んだことがない。欲しいと思ったことがない。欲しくないと思ったこともない。深く考えなかったのは、子供嫌いな男と一緒になってしまったせいもある。しかし、それ以前に、私の理想だったのだ。人生を無計画に送ることが。なんとなく先延ばしにしてきた懸案事項、忘れたままでよいのなら、忘れていたい。それが「出産」。

「子供は作らないの?」

既婚女性が容赦なくぶつけられる質問に、私はいつもこう答えてきた。

「子供って作るものなの?」「勝手にできちゃうものなんじゃないの?」

子供。考えることすら億劫な存在。もしも私の人生に登場するならば、せめて闖入者として現れて欲しい。

つまり、私にとってセックスは、いまだセックス以上のものではないのだ。初めて経験したときから変わることなく――。

そのぼんやりとした概念は、いつか砕かれるものなのだろうか。

まったく現実味がないけれど、ある日、情熱をもって私の中に湧き上がる。そんなことがあるのだろうか。

あるかもしれない。

突然、行き先を空港に変えたように、衝動につかれて宝石店へ飛び込んだように、たったひとことをきっかけに目の前の恋人を憎んだように、いままでだって、そうして私は思い立ち、身を任せ、流れてきたではないか。

既に馴染んだ暮らしを裏切り、「子供が欲しい」と思ったとき、私はどうすればいいのだろう。

子供を私に産ませる男を探す。それしかない。たぶん。その旅のために夫のもとを去ることになろうとも。

白い帽子。

むっとする夏のいきれ。

ライオン、サル、キリン、しまうま。

檻の向こうのオスとメスと子供。

柵の向こうのオスとメスと子供。

そこにいるのと何ら変わらない、私たちは人間。私たちは動物。

父に手を引かれ訪れた動物園で、幼い私は知った。

——女にとって、自分を孕(はら)ませる者だけが、男なのだ、と。


そこまで話し終えると、黙って聞いていた彼が口を開いた。

「じゃ、オレと作ってみる?」

私は、残り少ないシトロン・プレッセに水を足して、長いスプーンでグルグルとかき混ぜてから一気に飲み干した。

「意外と平凡なことを言うのね」

「いや、口説かれてるのかと思ってさ」

パリの六月は陽射しが強い。

「私は口説いていないわよ」

テーブルの下で私は彼の脚を蹴った。小さなテーブルがガタンと揺れて、ペルノーがこぼれた。

おとめ座の娘

相手の気持ちはどうでもいいのよ、と前置きをした後で、母は私に言った。

「あなたはいったい誰のそばにいたいの？」

声が明らかにイライラしている。

私は、その問いに答えることが出来ず、黙り込んでしまう。

もう二十年以上、同じ会話を繰り返している。

おひつじ座の母とおとめ座の私。

母娘だというのに、なぜこんなにも違う気性なのだろう。

「自分の好きな相手もわからないわけ？」

母の声が怒気を帯びる。

遠景でも眺めるように自分の恋愛をやり過ごす娘を、「傍観者である限り、あなたは絶対に幸せにはなれない」と母は裁く。

自分が行きたい場所はどこなのか。

自分がいたい場所はどこなのか。

私は誰を必要としているのか。

それとも、誰も必要としていないのか。

それがわかっていたら悩んだりはしない。

母の挑発を跳ね返す言葉を持たぬ自分が情けなく、私はその日も涙を流した。


母が求めてやまぬもの。それは娘の屈託のない笑顔。

彼女の水晶体を通した世界では、木々の枝には深い緑の葉が生い茂り、風はその枝を大きく揺らす。花は香り高く、実は真っ赤に熟して生(な)る。人々は、怒り、嘆き、喜び、いきいきと暮らしているに違いない。

私の水晶体を通した世界では、いつも人は彼岸にいる。彼らは、シニャックの絵のように点描で現れる。ぼんやりしていてよく見えない。私には、光の奥にあるものがわからない。

生まれながらにして輪郭のにじんだ世界に住む娘。個体の識別すら苦手な娘に、愛だの恋だの、人間のありようなどわかるはずがない。

人並みに成長し、人並みに女という体裁が整った頃、名前を呼ばれた。特別な含みを持つ、その声を頼りに私は男に近づいていった。ただそれだけのことだ。その声は遠のき、しばらくすると、また違うほうから声がする。また声を頼りに新しい男に近づいていく。その繰り返し。

男は、私を体温で包む重い毛布。

男は、口がきける分だけわずらわしい大きな猫。

がさつで乱暴で無神経。大きなため息で私を責める。

会話という名のもとに、交互に披露するモノローグ。騒音で渦巻く街にあふれかえる旋律。耳をふさいで駆け抜ける。見上げれば、いつもどんよりと濁った曇り空。そのグラデーションの美しさだけが、おとめ座の娘を慰めた。

おひつじ座は秋の夜空、おとめ座は春の夜空に光り輝く。決して同じ空に上ることはない。

*

小さなスツールに腰掛けて、麻酔で眠る彼の手を握った。透明な呼吸器越しに、弛緩して開いた唇が覗く。昼下がりの光が射し込む集中治療室。ベッドに横たわる体には、何本もの管が通されていた。首の裏からは細いドレーンが伸びている。

彼の手を握りながら、彼の手をさすりながら、どれぐらいその姿を眺めていただろうか。それでも、手術は成功したのだ。助かったのだ。

ならば、いつまでもこうしていても仕方がない。

私は、気を取り直して立ち上がる。

「明日も来るわね」


病室の外のソファで待っていた母が私に気づき顔をあげた。

「どうだった?」

「……まだ眠ってた」

病院の灰色の廊下を並んで歩く。車椅子の患者とすれ違う。

外に出ると、母は足を止め、バッグから白い日傘を取り出した。

激しい夏の陽射し。蟬の声が聞こえる。なぞれるほどにくっきりと形をなした黒い影が、私の足元でモゴモゴと動く。

歩道橋を渡って、一番近いカフェに入った。外の暑さが嘘みたいに涼しい。

「なんだかかわいそうね」

「うん」

「こんなことになって」

「うん」

「でも、とりあえず手術は成功したんだからよかったわよ」

気になって自分の手のひらを鼻に寄せると、強烈な匂いがした。

「これからはふたりとももっと健康に気をつけないと」

人間の手は二日洗わないだけで、こんなにも臭うのか。

「普段から規則正しい生活をしていないとダメよね、やっぱり」

店員が注文を取りに、向こうからやって来る。

「ちょっとごめん」

私は母の言葉を遮って席を立った。

パウダールームには誰もいない。

ダウンライトが照らす白いボウルの中で私は丁寧に手を洗った。

なかなか匂いが取れない。

汗の匂い、垢の匂い、ヒトの匂い、彼の匂い。

それでもこの手に残る悪臭こそが、彼が生きている証なのだ。

そう考えながら、石鹸をつけて、何度も手をこすり合わせた。

そして、刺繍糸のように細く長く伸びた鮮やかな赤いドレーンのことを思い返した。

初めて迫ってきた輪郭を持つ世界。

私を包んでいた薄い膜は破れ、世界は極彩色にうごめいている。私は軽いめまいにしゃがみこんだ。

水はその間も勢いよく流れ続けていた。

別れ支度

その日、ホテルのラウンジに呼び出された私は、うな垂れた彼を眺めて午後を過ごした。

一方的に謝罪する男に、いったい女はどんな言葉をかければいいのか。

私にはわからない。わからないし、考えたところで思いつきそうもないので、考えるのはやめた。

彼の輪郭を一筆書きの要領で、行ったり来たり、目で何度もなぞる。そうして私は時間を潰す。肩、腕、手、脚、脚、手、腕、肩。

責めるでもなく、目をそらさずにいる私を、哀しみに耐えているものと誤解したのだろうか、彼はますます深く頭を垂れた。

——あ、髪が薄くなっている……。

この間会ったときよりも、ずいぶん髪が薄くなっている。髪だけではない。この数週の間に彼は少し太ったみたいだ。

——でも、体の肉はお互いさまかもね。

四十まぢかになると、よっぽど不健康な生活を送っているか、よっぽど時間とお金をかけなければ、二十代の体型を維持することは難しい。

私たちはありふれた男と女。会うたびに少しずつ醜く崩れていく。

——つまり、その崩れゆくさまを、身をもって確かめ合っていた、ということか。

右手のひらが疲れたので、頬杖をついている手を左に替えた。

コーヒーを口にする気配はない。彼は相変わらず下を向いている。

改めて考えてみる。この男と会っている間、私は楽しかったのだろうか。

それほどでもなかったような気がする。むしろ、彼と別れた後は、いつも気が滅入った。

夫との生活を根掘り葉掘り聞き出そうとしたり、そのくせ自分の夫婦生活に関しては茶化して逃げたり、私の仕事をしつこく批評したかと思うと、あからさまに私の話に退屈そうな素振りを見せたり、何しろ無神経な男だ。

でも、その無神経さを嫌いだと思ったことはなかった。

めずらしかったのかもしれない。

私のまわりには器用な男が揃いすぎている。お互い触れられたくない部分には決して触れず、相手が喜ぶ言葉を素早く見抜き、高いサーヴィスを与え合う。

私と男たち。いつも心地よい。みんなよく似ている。


──「苦渋に満ちた」という表現を、絵に描いたらまさにこんな感じね。

口をへの字に結び、眉間にしわを寄せた彼の顔を、私はさらに目でなぞった。額、睫毛、鼻、唇。

その唇から吐き出される無邪気な言葉に、私はいつも傷ついていた。

触れられたくない部分を彼は確実に触れて来る。

でも、それを楽しんでいたのかもしれない。

体に分け入ってくる強烈な違和をもって初めて男と寝ている実感を女が得るように、大きく踏み越えてくる彼の言葉の野蛮さをもって、私は彼を男と意識し、同時に自分が女であることを意識していたのだから。

この別れ話には乗るつもりだ。

彼と私は長い付き合いではない。最初から戯れのうちに終わらせるつもりだった。何年か続けば、誰もが緩やかに馴れ合って、男でも女でもない動物、人間同士という関係に戻っていく。私が慈しんだ違和は消え失せるのだ。

いずれは彼を、単なる「無神経な人間」と嫌悪する日が必ず来る。

ふっと照明が落ちたかと思うと、窓の外が明るくなった。

噴水がライトアップされ、光を含んだ水が冬の花火のように次々と形を変えて噴き上げられる。

輪郭をなぞるのにも飽き飽きしたところだ。

私はマフラーを巻き、

「じゃ、そういうことで」

そう呟いて帰り支度を始めた。

その手紙を、私はちぎってゴミ箱に捨てた。この人は何か誤解している。

「いいの？」

「いいのよ、知らない人だし」

知っている。彼女のことは。高校時代、同じクラスにいた。何度か話したことがある。調理か化学か忘れたけれど、同じ班で実習をしたことがある。それだけだ。いや、それだけじゃない。彼女にお金を無心されたことがあった。妊娠した同級生の堕胎手術費を集めていたのが彼女だった。「可哀想だから」と彼女は何度も言った。隣の席の女の子が渋々千円札を渡すと、「ごめんね」とすまなそうに首をすくめてみせた。私は「持ち合わせがない」と言って断った。そして、その足でバーゲンセールへ行き、白いダッフル・コートを買った。

その頃、堕胎のために売春をするなどというアイディアを思いつく者はいなかった。いまよりも女子高生は純朴だったのだ。いや、いまよりも時代は純朴だった、と言うべきか。

手紙には、インターネットで検索をかけて私を探したこと、子供がふたりいるという自身の近況、高校時代のクラスメイトで集まりたい、というようなことが綴られていた。

彼女はどうやら記憶を書き換えてしまったらしい。

私は彼女の友達ではなかった。何か誤解している。


オルセー美術館の三十七番ホールには、シスレーの絵が五枚並べて掛けてある。「ポール＝マルリの洪水」「ルーヴシエンヌの雪」「モレジーの競艇」「モレのロワン運河」「ヴヌー・ナドンの雪景色」。それぞれ発表された年代はバラバラで、連作というわけではないのだが、フランスの田園風景を生涯描き続けた画家のそれは、一貫してカンバスの上半分を空が占めている。グレー、水色、ベージュ、白、クリーム色。彼の絵の中では、手前に置かれた家や道、海や小舟、木立は光に溶けて輪郭を失い、季節や天気、自然の惑いを映した空がいつも大きく広がっている。

「印象派なんてみるんだ、意外」

ソファに寝転び、画集をめくる私に、夫は不思議そうにつぶやく。

「そう？　意外？」

顔を上げずに答えた。

私がシスレーに興味を持ったのは、彼は空を記録するために絵を描いている、と気づいたからだ。

ふたつとして同じ色を持つ空にめぐり合うことはない。彼はその真実を知っている。私にはそう思える。


「私、高校時代のこと、よく覚えていないの」

十七歳の私。バスに乗って学校へ行く。夕方までぼんやりと教室で座っている。バスに乗って家に帰る。服を着替えて、もう一度バスに乗る。喫茶店に入る。コーヒーを頼む。本を読む。ときどきその店にボーイフレンドもやって来る。ときどき彼とセックスをする。バスに乗って家に帰る。宿題をする。風呂に入る。眠る。そして、また朝が来る。その繰り返し。それが十七歳の私の暮らし。

本当は手紙の彼女の名前も顔も思い出すことはできた。けれど、彼女のことを私がどう思っていたのか、それが思い出せない。それだけではない。学校が楽しかったのか、つまらなかったのか、ボーイフレンドのことを私はいったい好きだったのか、そうでもなかったのか、自分の感情についてまったく思い出せないのだ。そういえば、同級生は妊娠したのに、どうして私はしなかったのか。ついでに思い出してみようと試みたが、やっぱりそれもできなかった。

「記憶にないの。きっと何にも考えてなかったんだと思う。多感な時期なんていうけれど、多感も何もないわ。ぼけっとしていたのね、きっと」

同僚の女がボールペンを手に、ニヤリと笑いながら頷く。

「そうね、そんなものよね、十七歳なんて」


授業もまともに聞いていなかった。いつも外を眺めていた。窓際の私の席からちょうど見下ろした場所にプールがあった。そのことだけは、はっきりと覚えている。

夏を過ぎても水を湛えたプールの水面に、風のない日は空が映っていた。十メートル×二十五メートル。四角く切り取られた空を、白い雲が、ある日はのんびりと、ある日はすさまじい勢いで横切っていった。私は毎日空を見下ろして過ごしていた。

私には何も起こらないのに、空は違う。日々、刻々と変化していく。ふたつとして同じ色を持つ空にめぐり合うことはない。

私には何も起こらない。本当に何も起こらないのに。

そのやりきれない気持ちだけが、あれから十五年たったいまも生々しくよみがえる。体に満ちた倦怠感が強すぎて、十七歳の私の記憶は見事に押し潰されたのか。

私は席を立ち、ゴミ箱を抱えあげた。

「自分の空白期間を知る人間になんて、できれば会いたくないじゃない？」

オフィスのドアを押し開けて、ダスト・シュートを目指して歩く。私の腕の中で、ちぎった手紙がカサカサと鳴っていた。

蛇を抱いて

動画サイトを観ているうちに四時を回ってしまった。彼が帰って来る前に眠ってしまおう。顔を合わせると、私は林檎を食べてしまう。私の心には蛇が住んでいる。

キッチンに立ち、やかんを火にかける。

窓の外の夜は刻々と重さを失い、鳥のさえずりが、もうそこまで朝は迫っている、と私に告げる。

玄関の扉が開く音と同時に、ただいま、という声が聞こえた。

リヴィングに姿を現した彼に、私は振り向きもせず、「誰と一緒だったの?」と訊ねる。「どこで飲んでいたの?」ではなく、「誰と一緒だったの?」と。

やかんの蓋がカタカタと鳴り出した。

「いつもの下北沢の店、みんな集まっていたんだよ」

ふーん。みんな、って誰？

澱みなく挙げられる名前は、不自然なまでに男ばかり。

「お土産に持っていけって言われた」

ワインボトルを片手に彼がキッチン・カウンターの中へ入ってくる。

「いまは飲みたくないわ」

私は火を止めて、湯呑みにお湯を注ぐ。

白磁の中で小さな蕾が静かに開く。

透けるほど薄い花びら。

彼が横から覗き込んだ。

「あ、桜湯」

屈託のない笑顔に、やにわに蛇が騒ぎだす。本当のことが知りたくないのか、と私に囁く。

知ってどうするの、と私は答える。

唇を半開きにしたまま、彼を見つめる短い時間、私はいつも誘惑と闘っている。

夫の帰宅が遅いのはいつものこと。その言い訳は、たぶん半分が本当で、半分が嘘。どれが本当でどれが嘘かはわからない。ただ、すべてが真実というわけではない、それだけはわかっている。

私たちの間に嘘はない。そういうことになっていた。互いの言葉を信じるふりをして暮らしていた。それは私たちに限った茶番なのか。いや、そんなことはない。世の中のつがいは、信頼というごまかしを支えに寄り添っている。それでいいじゃないか。そんなものじゃないのか。

「嘘でしょう？　下北沢の店も、男友達の名前も。そしてそのワインもあなたの何かを隠すための嘘なんでしょう？」

訊ねてみたい。薄皮に包まれた幸福の、その外側にあるものが何なのか。真実がどれほど自分に不都合なものなのか。いったい私は愛されていたのか。立ちのぼっては消えていく女たちの幻影のことも、全部知りたい。

彼が誰と夜を過ごそうと、そんなことはどうでもよかった。

嘘を暴いてみたい、それが私の欲望なのだ。

とんぼの羽をむしり、池に石を投げ入れ、枯れ草を火で焼いた、禁じられた遊びの続き。大いなる好奇心。

大した問題ではないのなら、問題にしなければいい。それが私の処世術だったはずなのに。

真実と嘘をないまぜにしておくことで、この幸せが保たれていたのであれば、嘘の割合だけ、私は醜く哀しい現実をみることになるだろう。

真実を追えば、私は幸福を失う。

林檎を齧ってしまったら、私は楽園を追われる。


「俺もそれ飲みたいなあ」

電気を消し、並んでソファに腰掛けて、桜湯を飲む。夜明けの部屋は青く明るい。

「いくらなんでも帰ってくるの、遅すぎない？」

「そう？」

再び、蛇が囁く。楽園の端から嘘のない世界に身を堕とすなら、もう一歩踏み出せ、と。

「夜遊びじゃなくて、これじゃ朝帰りじゃないの」

下北沢の店、男友達の名前、手みやげのワイン。「嘘でしょう？」——そのひとことで、疑念は嘘として確定する。そこから始まる。真実という名の映画が始まる。きっと坂を転がるように私たちは別れに向かっていくだろう。

離婚届は持っている。ランジェリーを収めた引き出しの奥底に、二年も前から眠っている。


カタンと音を立てて、彼が湯飲みをテーブルに置いた。

「それじゃあ、もう少し早く帰ってくるようにする」

そう言って立ち上がり、彼は私に手を差し伸べる。楽園から絶対に出ることのない賢しい男。

その手は私を誘惑から救うだろう。私の心から蛇を追い払う。

飲み干された碗には、桜の残骸がだらしなく張りついている。

私は、結局わが手を預けてしまうのだ。

「桜が散る前にお花見にでも連れて行ってよ」

林檎をもぎ取るために伸ばしたはずのこの手を、今日もまた嘘に委ねてしまうのだ。

ひとりにしないで

彼のぎょっとした顔に、とっさに手を放した。

「なに？」

明らかに不快を示す声だった。強い拒絶に思わず言葉を呑む。

「何でもないの、間違えたの」

行き場をなくした右手を軽くあげ、「じゃあね」と言って私は踵を返した。

金曜の夜。終電時刻間近の恵比寿駅。

酔っ払ったサラリーマンたちが、弾ける泡のようにあちこちで別れの挨拶を交わしている。

蛍光灯に照らされた地下駐車場で車を探す。番号を書き留めておくべきだった。停めた階まで忘れてしまうなんて。ここを利用するたびに同じ失敗をする。いつも後悔する。

私の青い車。記憶に頼るのはやめて、端の列から順番に巡ってみるしかない。ミュールを引きずりながら歩く。時折、出庫合図のサイレンが鳴る。

なぜ、あんなことをしてしまったのだろう。なぜ、私は彼の腕をつかんでしまったのだろう。自分でもわからない。そして、あの瞬間、自分が呑み込んだ言葉。呑み込んで、体の中に戻った言葉。きっと食道を通って、今頃、胃の中で溶けて消えてる。

「再婚することにしたんだ。子供ができてさ」

何となく気づいていた。深夜の密会が減ったあたりから。

同じ頃に結婚をした私たちは、時には互いの幸せを、時には互いの不幸せを、共に笑い、共に嘆き、酒を飲む仲だった――いや、正しくは、初めは互いの幸せを、その後は彼の不幸せを、ふたりで嘆いて酒を飲んだ。


高速道路入り口のゆるやかな坂を上り、本車線へと合流する。アクセルを深く踏み込む。

グズグズと崩壊していく家庭の物語。彼の口からその話を聞くのが好きだった。楽しかった。

彼がもっと悩めばいいと思っていた。いつまでも苦しめばいいと思っていた。

「おめでとう」

離婚が成立したとき、捧げた言葉は嘘ではない。私は確かに心からそう言った。けれど、新たな生活に踏み出すのはまだまだ先のことと高を括っていたのだ。

彼が幸せになるなんて考えられない。考えたくもない。

首都高速は、漆黒の森に沈む皇居を中心に円を描く。

銀座、京橋、神田橋、北の丸、霞が関、飯倉、銀座、京橋、神田橋、北の丸、霞が関……。

家に帰りたくない夜はこうして環状線を回る。高架の下には歓楽街、オフィスビル群、高層マンション。

人々の暮らしをすり抜けながら、発光するこの街に住むどれだけの人々が、今日という日に満足し、眠りにつくのだろうと考える。

結婚を、ふたつの孤独を閉じ込める小さな檻だと感じる人は、私のほかにどれだけいるのだろう。

狭い車線は、右に左に大きくうねり、分岐して合流し、合流しては分岐する。

なぜ彼に告げなかったのだろう。告げるべきだったのか。

私も本当は——。

傷ついた仲間でいて欲しかった。傷ついた仲間のままでいて欲しかった。檻の中の住人でいて欲しかった。

それなのに彼は足取りも軽く進んでいく。愛の試験を次々とパスしていく。私を置き去りにして。私から遠く離れて。

「おめでとう」

今日の言葉だって嘘ではない。心からそう言った。

しかし、そのあまりに晴れやかな笑顔に打ちのめされたのだ。

思わず彼の腕をつかんだ。

強烈な憧れ。

強烈な嫉妬。

携帯電話が鳴り出した。

私は小さなため息をつく。

ずっと高速道路を回っていられたら。二度と地上に戻らずにすむのなら。このまま天国まで行けるなら。

前を走る車のテールランプを追いかけて、どんどんスピードをあげて、ぐるぐる回って、そのままちびくろ・さんぼの虎みたいに私は溶けるの。

一旦切れた呼び出し音が再び鳴り出す。

私を呼ぶ人がいる。私を呼ぶ現実がある。もうすぐ帰る。青い車は天上から地上へ戻る。

芝公園出口で高速道路から抜け、減速しながらカーブを下り、左手に折れて赤信号で止まる。

東京タワーが大きく右手に迫る。

窓を開け、顔を出す。生ぬるい夜風。湿気を帯びた空気を胸いっぱいに吸う。

あたりを包むのは、オレンジの光。

唇を開き、私は静かに吐き出す。

わたしをひとりにしないで。

それは、あのとき呑み込んだ言葉。私が彼に言いたかった言葉。

春のあくび

essays 2

大人になれば

西暦二〇〇〇年、そのとき私は、どんな私になっているのだろう。

三十三歳。想像がつかない。それでも想像してみる。

短い髪にもこもこのパーマをかけている。水色の木綿のエプロンをしている。たぶん子供はふたりぐらい。メガネをかけているかもしれない。夕方になったら毎日お米を研がなくちゃいけない。きっとその年もお正月にはおじいちゃんの家に行く。お餅をもらう。死ぬまで毎年おじいちゃんの家に行く。でも、そのときにはたぶんお年玉はもらえない。

九歳の冬。窓の外には雪。ストーブの熱にのぼせた頭で考えた未来。

その頃から私は、授業にさっぱり身の入らない少女だった。

将来のため、そして三年後に控えた大学受験のため、机に向かわねばならないことはわかっている。でも、将来と聞いて思い浮かぶのは、地元の大学を出て就職し、結婚して子供を生むことだけ。それ以外の暮らし方をしている女性が私のまわりにはいなかった。だから他に想像ができない。

それも悪くない。そんな生き方も悪くない。そう思った。

けれど、毎日がその道を辿るために在ると思うとやるせない。

若さがどんなに尊いものか、未来がいかに可能性に満ちているか、親も教師も熱心に説く。それを聞くのが虚しかった。できることなら耳を塞いで逃げ出したかった。

ひとは自らが持ち合わせた知識をもって未来を描き、構築していくものだ。想像できないことは実現できない。

この街で生まれ育ち、この街しか知らない私は、この街から出ることなく一生を終えるだろう。どこへ行きたいわけでもない。でも、憂鬱で退屈で勉強する気が起こらない。

私は十五歳、とある地方都市に住んでいた。

そんなある日、私は一冊の本と出合ったのだった。

放課後、立ち寄った書店で、何の気なしに手にした文庫本。伊丹十三のエッセイ集『女たちよ！』である。

いつものように、バスの最後部座席に陣取り、ページをめくる。

冒頭に置かれているのは、「スパゲッティのおいしい召し上り方」という一編。

彼は初っ端（しょっぱな）からひどく機嫌が悪い。日本におけるスパゲッティ料理がいかに本場イタリアのそれとかけ離れているかをイライラした口調で語る。柔らかく茹でた麺にハムやマッシュルームを加え、トマト・ケチャップで炒めた洋食をイタリア料理と信じて食べる日本人を容赦なく腐す。無知なるゆえの甚だしい勘違いにとどめを刺すため、「スパゲッティは炒め饂飩（うどん）ではない」とばっさりと斬ってみせる。

いまどき「スパゲッティは饂飩ではない」などと声高に叫んだところで失笑を買うだけだが、このエッセイ集が刊行されたのは、昭和四十三年のこと。確かに幼い私がスパゲッティをねだるとき、それはミートソースかナポリタンであったし、その記憶から地続きの風景の中で私は暮らしていた。

彼のシニカルな物言いは、母の作る料理を感謝して食べるという幸福な食卓を突き崩す狼藉である。しかし、はらはらしながら読み進めていくうちにわかった。スパゲッティという料理が、どんなものかも知らず、どんなものか知ろうともせず、どこかの誰かが誤訳して創り上げた料理を、疑うことなく笑顔でほおばっていた純朴な人々を嗤いながら、彼が送っているのは、その実、「まやかしを嫌悪せよ」という強烈なメッセージだということが。そして、その文章は、一種独特な温かさをもって、「スパゲッティ・アル・ブーロ」（バターのスパゲッティ）の作り方へと続いていく――。

バスを降りたその足で、私は、夕餉（ゆうげ）の買出しにごった返すスーパーマーケットへ向かった。そして、彼の指示通り、イタリア製のスパゲッティ――ブイトーニのスパゲッティを一袋買い求め、教科書の入った革の鞄に収めた。その通りに作ってみようと思ったのだ。水の量、塩の量、バターの量、彼が正しいとするスパゲッティの作り方、そっくりそのままに。

麺は大量のお湯で茹でること。最後までお湯は沸騰させた状態を保つこと。頃合いを見計らって一本掬（すく）い出し、前歯で齧って茹で加減を確かめること。茹で上がったらすばやくお湯を捨て、取り分け、ソースをかけて食べ始めること。

硬い麺の歯ごたえ。バターとチーズだけの実に素朴な味。西日射すリヴィングルームのテーブルで、私はひとり、初めて自分で作ったスパゲッティを食べた。スパゲッティとはこういう食べ物だったのか、としみじみ思った。そして、いま、こうしている時間に、長靴のかたちをした国のどこかで、同じものを食べているひとがいるのだろうか、とぼんやり考えた。そして、なんだか可笑しくなって、少し笑った。

彼は信じるに値する大人かもしれない。彼のいう〝正しい〟〝ホンモノ〟を信じてみよう。彼についていってみよう。私は、食器と鍋を洗いながら、そう決めた。

スポーツ・カーの正しい運転方法。女性の高級下着のこと。ヴェニス風建築について。毛皮を仕立てるときのちょっとしたアイディア。フランス女とイギリス女のセーターの着こなしの違い。キューカンバー・サンドウィッチにまつわるあれこれ。歴史の授業でも地理の授業でも教わることのなかった西欧の文化。

ロンドン、パリ、ミラノ。彼はヨーロッパの都市を飛び回り、十五歳の私に享楽を説く。

――人生は楽しむためにある、と。

そんなことを私に言う大人はいなかった。いるわけがない。私のまわりには、享楽に生きる大人などいなかったのだから。彼らは皆、謹厳に、実直に生きていた。

この街から出ることなく一生を終える。私はそう思っていた。ずっとずっとそう思っていた。

しかし、出会ってしまったのだ。サンローランのショーウィンドウを覗かせようとする大人に。ジャガーの助手席に座らせようとする大人に。その経験を通して得るものの大きさを教えてくれる大人に。

世界が広いことも可能性に満ちていることも、彼が語ると現実として迫ってきた。

エルメスのハンドバッグを持つ。シャルル・ジョルダンの靴を履く。金のフォークで取る食事。ばら色のワイン。ルノー16に乗るボーイフレンド。野菜くずで作ったスープ。二日酔いの朝に聴くランパルのフルート。

いつしか私は異国の街を闊歩する自分を思い描くようになっていた。


どのように生きるか。

どのように生きるべきかではなく、どのように生きてみたいのか。

そのことを考えるために、時間は与えられているのだ。

いま在る時間の意味。少女でいる時間の意味。それを、私はやっと理解することができたのだ。

人生における最も輝かしい時期が十代にあるなどと、なぜ人は言いたがるのだろう。その後の長い日々は、苦痛を耐え忍ぶものなのか。

大人になれば、広い世界が待っている。

大人になれば、すばらしい自由が手に入る。

人生の絶頂はもっとずっと先にある。

そのことを大人は子供たちに明確に伝えるべきではなかろうか。

遠く輝く光を目指して、人は進む。

私には一冊の本があった。少女の心を一気に引き寄せ、ぐいぐいと導いていく。そう、伊丹十三は、私を乱暴に組み敷いた初めての男なのである。

西暦二〇〇〇年。あの日未来を与えられた私は、パリのカフェで恋人が現れるのを待っていた。傍らにはエルメスのバッグ。足にはシャルル・ジョルダンの靴。ルノー16に乗るフランス人はいまどきどこを捜してもいない。けれど、サン・ジェルマン・デ・プレ通りの、雲ひとつない青空の下、私は確かにそこにいた。金のフォークとばら色のワインの夜を迎えるために。

二日酔いの朝を迎えるために。

夜が始まる。

あの頃、ウィスキーは大人の――そう、大人の男のひとが飲むものだった。琥珀の液体を前にするひとは大抵私よりもずっと年上の男性だった。年の近い男友達は、ビール、そうでなければ、ジンを飲んでいた。テキーラ、ラム、ウォッカ……、お酒の種類は数限りなくあるけれど、彼らはもっぱらビールかジンを飲んでいたのだった。

アルコールに弱い私は、自分が飲んでいる時間よりも、飲んでいるひとを眺めている時間のほうが長い。だから、誰が何を飲んでいたかは、それが昔のことであってもかなり正確に覚えている。

学生気分が抜けない私たちは、仕事の後、何かしら理由をつけては落ち合い、耳を寄せなければ声が聞き取れぬほど大音量で音楽を流す店で夜を明かした。当時のことを思い返すとき、半月型にカットされた緑色のライムとトールグラスを上る炭酸のきらめく気泡は、自分たちのひとつの季節を象徴するものとして私の脳裏に鮮やかに浮かぶ。

そして、同時に、ウィスキーのことも思い出すのだ。年上の男性に連れられて行ったバーで、足の届かぬスツールに腰を掛け、馴染みのない匂いを嗅いだこと。ひとくち飲ませてもらったその液体に私の舌はビリリと痺れ、まるで飛び退いた猫みたいに首を引いた。ガーターベルトで吊ったストッキングにヒールの高いパンプスを履いていても、所詮私はカウンターの下でひょろりと伸びた脚をぶらぶらさせている若い娘でしかなく、形容しがたいウィスキーの味の向こうと手前、その狭間には確かに見えない壁があった。甘いリキュールを飲みながら、男友達へのそれとは違う想いで私は盗み見たものだ。ウィスキーの入ったグラスを口元に運ぶ横顔を。私の知らない世界にいる男たちを。

しかし、いまも私が同じことを考えているかと訊かれたら、首を横に振る。いつからだろう、ウィスキーを若い男性に似合うお酒、と思うようになったのは。

――時代が変わったのよ、昔はおじさんが飲むお酒というイメージだったけど、いまは若いひとたちも飲むの。ハイボールなんてとても人気があるのよ。

女友達のレクチャーに、世事に疎い私は驚く。どうやら知らぬ間にウィスキーはずいぶんとカジュアルな飲み物になったらしい。でも、時代の流れだけが理由だろうか。私の中でウィスキーに対するイメージが変わったのは。私が若くないから。私が大人の女になってしまったから。そのこともきっと関係している。いつの間にかまわりには年下の男性が増え、彼らと食事をする機会が増え、お酒を飲む機会が増えた。バーカウンターに並んで腰掛けるとき、隣りに座る男性は大抵私よりも年若い。そして、私はいまだに強いお酒が飲めないけれど、彼らが飲むウィスキーの香りをもはや馴染みのない匂いだなんて思わない。まるで男性がつける香水みたいに、いい香りだと思って嗅ぐ。飲んでみる?と訊かれれば、迷わずひとくち飲ませてもらう。

——美味しいわね。

グラスを返し、微笑むと、相手も私に微笑み返す。静かな店。河を流れる舟のように、ゆったりとしたテンポで会話は進む。相変わらず見えない壁が向こうとこちらを隔てているけれど、いまはよくわかっている。そこにある壁が私にとって大きな意味を持つということを。

私は、自分と違うひとが好きだから。自分と違う男のひとが好きだから。違うと感じることが多ければ多いほど相手への興味が湧いてくる。知りたいという気持ちが高まる。だから、相手のグラスの中には自分と違うものが入っていて欲しいのだ。私が飲み慣れないものであれば、なおいい。ワインのようにボトルを分け合い、同じ味を楽しむならば家族や友人で十分だ。私は男性にいつも自分と決定的に違う存在でいて欲しい。

結局、私のまなざしは何も変わってはいないのだろう。若い頃には自分より大人の、いまは自分より年下の、いや、本当はそんなことすら関係ない。ウィスキーは私にとっていままでもこれからも男のひとの飲むお酒。夜の始まりのお酒なのである。

私があなたに見ているもの。

〝日本の男性の元気がない〟らしい。〝男らしさが見えにくい時代〟らしい。そんなこと、私は思ったことがない。確かに身ぎれいな男の人が増えた。ひどく外したファッションの男性も減った。野性的な雰囲気を漂わせた男の人は少なくなったかもしれない。けれど、それを嘆くべきことだとは思わない。十年前、二十年前、男らしい男は日本に多かったのか、考えてみたけれど、よく覚えていないし、覚えていないということは、それほど多くなかったか、そうでなければ私が彼らに魅力を感じていなかったのだと思う。

数年前、女性たちの間で、肉食、草食という言葉で男性を分類するのが流行ったけれど、それもぴんとこなかった。SNSが普及して、出会いの機会が増えた分、男性も女性も無駄にガツガツしなくなったのは、むしろ良いことだと思う。それに、気に入った相手に対して（だけ）は、昔もいまも男性は積極的だし、ならば何の問題もないではないか。時代とともに男性の〝らしさ〟が変化しているとしても、少なくとも女である私の生活は、別段影響は受けていない。だから、いまの男性に私はそれほど悪い印象を抱いていないのだ。

そもそも男らしさとは何をもって言うのだろう。男らしさというものがあるのなら、女らしさというものもあるということ？　その定義は？　私にはよくわからない。いくら考えても、それらしいものが浮かんでこない。でも、それは、もしかしたら、私が女らしさについて深く考えずに暮らしているからかもしれない。「女として」なんてどうでもいいや、と思っているから、男らしさについても考えが至らないのかもしれない。また、私が若い娘ではないからわからないのかも、と思うこともある。女である自分に対して、男性がどんな役割を担って向き合おうとしているのか、そういったことに年々興味を失くしている。私は、男だ、女だという切り口で物事を見ることに飽きてしまったのかもしれない。性に係るイメージから解放されて、その人そのものを見たい。ただ目の前にごろんと置かれた物体を見るように、人物をただそこにいる人として見たい、近頃はそんな風によく思う。人と関わるときに、人間というところからスタートさせたいという願い。

本音を言うと、私は、男性らしさを執拗に追求する人に、どこか鬱陶しさも感じているのだ。自分がどうあるべきか、考えすぎるのは良くない。過剰なこだわりは、自己愛だと思う。時々少し考えて、すぐに忘れてしまうぐらいがちょうど良い。さらに言うなら、多くの女性たちが、四六時中、女らしさという言葉に振り回されていることもあって、男らしさについて熟考する行為に、私は女性的なものも連想してしまう。結局のところ、男も女も自分に対して無頓着なぐらいのほうが、本人もまわりも楽だし、自然でスマートなのではなかろうか。

とは言え、私の中にも、あの人、男らしいな、素敵だな、という感情が芽生えることはある。でも、それもよくよく考えてみると、男らしい〝何か〟に反応しているわけではなく——たとえば、私は落ち着いた、控えめな人が好きなので、そういった部分が垣間見えると、男性の包容力を感じ、好感を抱くのだけれど、一方で、落ち着いた、控えめな女性に会うと、今度はそこに女性らしさを感じたりもする。ということは、つまり、こちらが考える美徳を備えた人が、たまたま男性ならば、男らしいと感じ、その人が女性ならば、女らしいと感じる、そういうことなのではないか。

そして、こうも思うのだ。誰かが、私に女らしさを見たとする。もしくは、私を女らしくないと判断したとする。でも、それは相手の心が感じたことであって、私には関係のないことだ、と。私は、男らしさも女らしさも、自らが目指し、表現するものではなく、他者がその人の中に、それを認めるかどうかの問題のように思う。


もう一度引き戻して考えてみよう。日本の男性に元気がないとすれば、日本の男性を取り巻く状況の問題であって、日本の男性の問題ではないと思う。男らしさが見えにくい時代なのだとすれば、それは本質に近づいている証拠なのでは、とも思う。男性的な記号を集めてしまうと、その人自身の持つ男性らしさは他者から見えづらくなってしまう。それは女性も同じこと。記号的に女を演じたがる女性は、その人自身が持つ女らしさを隠してしまう。

私にとって男らしさは（女らしさも）、容易に語れるものではない。互いが人間として接して、それでもそれぞれに与えられた性が、どうしても取り去れない形でそこに残ってしまうとき、また、その性がその人のフィルターを通して、漏れだすように漂うとき、ああ、この人は男性なのだ、そして、私は違う性を持つ女なのだ、という抗えない現実を認めることになる。私が、男らしさを感じるのはそういうとき。男らしさは、私にとって、言葉では語れないもの、そう、匂いや動きのようなものである。

ジャズが教えてくれたこと

夏にソーダ水を飲みながら聴くミルト・ジャクソン、冬にココアを啜りながら聴くサラ・ヴォーン。春には春に、秋には秋に似合いのジャズを。私の部屋には一年中、音楽が流れている。

＊

私は、ジャズを面白い音楽だと思う。聴き始めてずいぶん経つけれど、いまだに飽きることがない。だけど、ジャズを〝難しい〟〝とっつきにくい〟と感じる人もいるという。確かに、誰かに教えてもらおうとすると、ジャズはちょっと厄介な音楽かもしれない。ジャズが好きな人たちはみんな、自分が一番ジャズのことをわかっていると思い込んでいるから。

私の経験からいえば他人が薦めてくれた名盤に感動することはそれほど多くない。大抵、「これが名盤か……」と感心してお終いだ。私は天邪鬼な性格なのかもしれない。

じゃあ、どうやってジャズがわかるようになったの？　――ジャズというジャンルを遠巻きに眺めている人たちに時々訊かれる。そんな時、私は迷わずこう答える。

――そんなの簡単、ジャズがジャズのことを教えてくれるのよ！

だって、音楽は音楽でしかないもの。聴くことが大事。聴いているうちにわかってくる。そういうものだ。何より必要なのは好奇心。正しい入口なんてもともとないのだし、最初に手に取る一枚も何だって構わない。〝知っている曲が入っているから〟〝ジャケットが素敵だったから〟――そんなきっかけで十分だ。

コーヒーを淹れ、プレイヤーのボタンを押す。お目当ての曲があるならスキップしてそこから聴けばいい。買ったばかりのアルバムを聴くのは、暮らしの中の小さな贅沢。一曲目、二曲目、三曲目……。音に耳を傾けながら、自分で自分に尋ねてみる。このアルバムは好き？　どれぐらい好き？　もしも中ぐらいの好きでしかなかったなら、さらに自分に尋ねてみよう。もっと静かなのが好き？　もっと賑やかなのが好き？　お気に入りの楽器は何？　ピアノ？　ギター？　テナーサックス？　歌が入っているほうが好み？　それともインストゥルメンタルのほうがいい？　ヴォーカルものなら、男性？　女性？　しっくりくるのはどんな声？

ジャズとひと括りにするけれど、ジャズは幅が広くて奥が深い。本当にいろいろなタイプのジャズがある。眠る前にぴったりのひんやりしたジャズ。踊りだしたくなるようなホットなジャズ。車の窓を全開にして聴きたくなるような爽快なジャズ。恋人と一緒に聴きたいロマンティックな甘いジャズ。ソロ。トリオ。セクステット。ビッグバンドジャズ。心に染み入るような歌声もあれば、フェイクを効かせたスキャットもある。そして、その膨大なカタログの中から好きなアルバムを探し出し、自分にとっての名盤リストを少しずつ増やしていく（音楽の森に分け入り、耳を頼りに宝の地図を作っていくみたいに！）。私はそれこそがジャズを聴く醍醐味だと思う。時間をかけて、ジャズと、自分自身の好みを知っていく、その手さぐりな感じがたまらなく楽しい。

　だから、もしも、あなたがジャズの扉をいま押し開けようとしているならば、私はこっそり教えてあげたい。マイルス・デイヴィスやジョン・コルトレーンを好きになれなくてもいいのよ、と。実際、ジャズが好きな人たちだって、みんな贔屓（ひいき）はバラバラで、趣味の一致なんてほとんどない。そしてそのバラバラな感じがジャズのいいところで、バラバラな自由を認めてくれる音楽がジャズで、その真実を知ったら誰もジャズを難しいなんて思わないだろうし、嫌いにもなれないと思う。

たとえば、子供の頃に覚えた歌。「マイ・フェイヴァリット・シングス」や「いつか王子様が」。もしもジャズに出会わなければ、私はそれらの曲を家族で観た映画の曲としてしか記憶しなかっただろう。だけど、ひとたびジャズの世界に足を踏み入れれば、こんなアレンジもある、こんな演奏もできる、俺にはこの曲がこう聴こえる、私はこの曲をこう歌いたい、後から後からやって来て、たくさんの人がそれぞれの感性を披露してくれる。

ひとつの曲にも、たくさんの解釈があって、表現がある。その上で、聴くほうもそれらを好き勝手に評価してかまわないのだ。それはつまり、他人と違っていてもいいということで、バラバラの在り方を認めるということで、すなわち自由が保証されるということで、でも、考えてみれば、人生もそうだよね、ジャズみたいに本当は自由なはず。そうじゃなくちゃいけないよね。

だから、私にとって、ジャズは、生きる上で一番大事なことを教えてくれた音楽だ。窮屈に感じることなんてしなくていい、思った通りにやっていい、自分で選んだことが一番だ――いつも私のそばにいて、そう耳元で囁いてくれる。

私は日本という島国の、人がひしめく都会で暮らしているけれど、心の中でジャズは丘の上の旗みたいに立っている。風に吹かれて昼も夜も休みなくはためく旗。今日もスピーカーから流れている。次は何を聴こうかと考える。いつも私を晴れやかにしてくれる音楽。それがジャズ――私の大好きなジャズなのだ。

リーを部屋に招いて私の料理でもてなそう、と提案したのは、誰だったのだろう。あまりに古い話で覚えていない。本当のことを言うと、リーという名前も定かではない。背の高い韓国人の男の子だった。私よりも年上だったことは確かだ。

リーは彼の友達だった。夏の午後、学校の掲示板の前で私は彼らと知り合った。最初は三人で遊んでいたが、彼と私は付き合い始め、間もなく彼は私の部屋から帰らなくなった。美味しい、美味しいと食べてくれる恋人のために、洗面所ほどの小さなキッチンで、私は毎日食事を作った。

その日のメニューは、仔牛のカツレツ、アヴォカドと海老のサラダ、ロックフォールチーズのパスタ。

こう書くと多少は華やかな食卓と思われるかもしれないが、どれもパリで覚えた家庭料理。手間のかかるものは何もない。

仔牛のカツレツは、肉を包丁の柄で軽く叩き、塩、胡椒をまぶして、小麦粉、卵、パン粉をつけ、オリーブオイルを多めに流し込んだフライパンで焼くだけ。

サラダはサラダ菜、千切りにした人参、薄切りにした玉ねぎ、賽（さい）の目に切ったアヴォカド、茹でた剝き海老をボウルに入れ、塩、胡椒、ヴァルサミコ酢とオリーブオイルを振りかけて、ざくざく和える。

ロックフォールチーズのパスタにいたっては、螺旋に捩（ねじ）れたフジーリを茹で、熱いうちにバターと砕いたチーズにからめるだけ。チーズに塩分があるから塩も振らなくていい。

それでも、張り切って作ったことは間違いない。なんといっても彼の友達をふたりの部屋に初めて招くのだ。

けれども、時間になってもリーは現れなかった。

彼は「どうしたんだろう」と言って何度もリーの下宿に電話をかけた。その当時、携帯電話などというものはなかったのだ。

DÉFENSE DE TOUCHER
AUX ANIMAUX

結局、冷めた料理をふたりで食べた。その夜、彼は私を励まそうとあれこれ試みたが、私が笑顔を見せることはなかった。


彼と私が別れた後、一度だけ、リーは私の部屋に遊びに来た。

造花の薔薇を手にやって来たリーを見て、私はお腹を抱えて笑った。

信じられない！　造花の薔薇じゃないの！　それ、日本ではトイレに置く花よ！

ふざけていると思ったし、リーも落ち込んでいる私を笑わせようとして造花の薔薇を買ってきたのだと思う。

その日は、オムレツとか、トマトソースのパスタとか、そんなものを作ったような気がする。

私はもうリーのために張り切って料理をする必要はなかった。

食事をしながら、リーは、彼とは別れたのに君は彼のことばかり話している、と私に言った。

そして、その後、私たちは顔を合わせることもなく、彼と一緒にリーのことも私は忘れた。


いまとなれば、なぜリーが、あの日部屋に現れなかったのか、なぜ、あの日部屋に現れたのか、そして、二度と現れることがなかったのか、よくわかる。

でも、そのときはわからなかった。私は他人の気持ちになどまるで興味がなかった。得てして若い娘とはそういうものだ。自分のことしか考えていない。だから、真面目に耳を傾ける必要はないのだ。若い娘の言うことなど。

男性は、若い娘の体の中にこそ、女性の要素がぎっしりと詰まっていると考える。だけど、彼女たちの——少なくともかつての私の体の中には、風船みたいに何も詰まっていなかった。

深夜、テレビをつけると、何年ぶりだろう、『気狂いピエロ』が再放送されている。若さを見せ付けるようにアンナ・カリーナが「私の運命線（Ma ligne de chance）」を歌い踊る。

その姿を見て改めて思う。彼女も、若いということ以外、存在の価値はなかった。あのときの私と同じように。若い女が等しくそうであるように。

十月の記憶

東北新幹線に乗るのは、今年三度目だ。春には白石川堤の一目千本桜を観に行った。そして、先月、今月と、仙台に向かっている。目的は東日本大震災の被災地を歩くこと——といっても、慰問や取材といった大義あるものではない。津波で家を流されたという人とちょっとした縁で知り合い、案内してもらえることになったので、小旅行も兼ね、興味本位で通い始めたのだ。

仙台駅でAさんと落ち合い、今日もよろしくお願いします、と頭を下げる。駅の屋上の駐車場に出ると、仙台の空は真っ青に晴れ渡っていた。東京よりも二、三度気温の低い、十月、秋の始まり。

助手席に乗り込み、今日はどこから回るんですか、と尋ねると、まずはAさんの実家の辺りを見せてくれるという。場所は若林区、仙台の中心部よりやや東、仙台湾寄り。震災当日、津

Sucre Blanc
Menthe
Sucre Blanc

波の被害で「二百から三百人の遺体が打ち上げられた」というニュースが流れた地区だ。前回来たときもそのあたりを中心に回ったのだが、被災地というイメージからは程遠い、いまはもう瓦礫はすっかり片付けられて、更地ばかりという印象だった。その更地こそが、人々の暮らしがある日を境に根こそぎ奪われたことのしるしなのだが。

ちなみに私は震災直後、当時居を構えていたパリに戻ったので、被災地に足を踏み入れるのは、前回が初めて、今回が二回目だ。震災後、仕事で、ボランティアで、旅行で、仙台を訪れた友人たちから、その凄まじい光景について聞かされてはいたのだが――そのうちのひとりは、不謹慎だけどSF映画があそこで撮れると思った、と表現した――、私自身は足を運ぶ機会を逸していた。本音を言えば、自分の目でそれを見るのが怖かったのかもしれない。人々の悲しみや苦しみを想像するだけでも、いや、所詮、想像するしかできない立場だからこそ、いたたまれなさに耐えられそうもないと思ったのだ。だから、Aさんと初めて会った時、何でも聞いていいですよ、と言われたものの、心の傷に障ってしまったら、と思うと、なかなか本題に入れず、私の話は震災の話題を避けるように周回した。けれど、Aさんは淡々と「家、流されたんですよ」と言い、仮設住宅で育てたクリスマスローズから収穫したという種を私に見せ、飲み水に欠いた時期には泥の中から缶ビールを拾って飲んだ話をして私をケラケラと笑わせて、「面白いお話もたくさんあるんですね」とはしゃぐ私に、「うちは誰も死んでないんで。家族に死んでいる人が出ていたらまた違います」と言った。そして、それならば――Aさんのような、悲劇を免れた人に案内してもらえるならば、ただそこがいまどんな風になっているのか、それだけの好奇心で、〝昔、この街でこんなことが起こった〟という史実のみを頭に入れて訪ねて回ったフランスの街みたいに、被災地を見学に行っても許されるのではないか、と私は思った。

　Aさんの実家では来春にかけて家を再建するそうで、まだ工事は始まっていないけれど、敷地の外周はコンクリートと板塀で囲われていた。

「大きいじゃないですか！」

　コンクリートの杭に足をかけ、塀の内側を覗き込んだ私は思わず声をあげた。冗談で言ったのではない。東京から来た私には、豪邸でも建つのか、と感じられる大きさだ。山形育ちの女友達が言っていた。田舎は土地が余っているからね。それは頭ではわかっている。それでも、

実際その広さを前にすると、嫉妬心といじけた気持ちがむくむくと湧き上がってくる。私も都心に土地を持っているけれど、この半分、いや三分の一にも満たない。そして、それだって恵まれた話で、電車や地下鉄にギュウギュウ押し込められて通勤を続け、にも拘わらず土地も家も買えずに一生を終える人がごまんといるのが東京だ。

震災で仕事を失くした人も大勢いるだろう。誰もが失った家の代わりを手に入れられるわけではないだろう。それでも、Aさんの家の敷地も、隣りの敷地も、そのまた隣りの敷地もゆったりと区画は切られ、そこに土曜の午後がのんびりと流れているのを見ると、私はひどくみじめな気分になって、不貞腐れた口調でこう言った。

「なんだか被災地の人が可哀相じゃなくなってきました」

車を降りると、堤防の向こうに大きな川が流れている。左が海。川はそちらに向かって流れていると言われたけれど、右の方向には工場があり、突き当たりになっていて、水路がT字に分かれ、上流らしきものは見当たらない。対岸といっても砂地だし、砂地のさらに向こうにも海が見える。また、ここに来るまでには沼地がいくつもあった。こうなると街なかで育った私にはお手上げだ。川は山から海に向かって流れていくもの、水のあるところ、といって思い浮かぶのは海水浴場、港、それから湖、池。その程度の乏しい知識では、こういった場所を何と呼ぶのかわからない。Aさんに訊くと、こういう湿地帯を干潟というのだと教えてくれた。

こんな景色、初めてだわ、と思いながら、Aさんの後を追い、一本道を歩いていく。舗装された道がひび割れている。もともとはガードレールだったのだろうか、右側には等間隔に立てられた茶色い鉄製のポールが、すべて根元から九十度に折れ曲がっていた。これも津波がなぎ倒したもののひとつらしい。

そのまま数メートル行くと、道が終わりになっていた。Aさんは脇にある土手を越えて、先へと進む。こんなところを歩くなら、車を降りる前にフラットシューズに履き替えたのに、と恨めしい気持ちで私も後に続く。パンプスのヒールが土にめり込む。

すると、そこにはさらに奇妙な光景が広がっていた。まるで子供が積み木を倒したみたいに、堤防が分断され、ガチャガチャに崩れているのだ。長さ十メートルほどのコンクリート壁は、片側が浅瀬に突き刺さり、跳ねあがった片側は、哀れな断面を晒して、私の身長を超える高さに至っている。他にもあたりには、ブロックというには大きすぎるコンクリート壁がゴロゴロと無秩序に倒れ、ひっくり返り、散らばっていた。けれども、これが以前、どんな形でここに存在していたのか、私には見当がつかない。それは私が堤防というものを見慣れていない人間だからだ。よって、これらは確かに破壊された跡だけど、もとの形を知らなければ、それほど悲壮な印象を与えるものではなく、私が口にしたのはただひとこと、「すごいですね」という言葉だけだった。

　倒れたコンクリート壁を渡って、Aさんはさらに進む。そして、行き止まりまで行くとこちらを振り返り、浅瀬に突き刺さった壁の下を指してこう言った。

「こっち、水、綺麗なんですけど」

　この靴では、と一瞬怯（ひる）むも、折角ここまで来たんだし、と思い直し、私は壁につかまりながら、怖々そちらへ渡り、Aさんの真似をして壁の下をくぐってみた。

　確かに足元に流れる水は澄んでいた。川底に生える水草まで見通せる。水面は太陽の光を受け、キラキラと光っていた。正面には汚水処理工場が見える。その奥からクレーンが十本ほど突き出て、思い思いの向きに空高く伸びていた。振り向くと、岸壁に釣りをしている少年がいる。何が釣れるのだろう。私にはそれもわからない。海は青く、空は白い。時折、鳥が頭上を飛んで行く。私はカメラを構え、写真を撮った。

綺麗なところなんだな、と思った。そして、私の眼は――人間の眼は、どんなときも美しいものを探し、美しいものに引き寄せられていくのだな、とも思った。私の凭れた壁は、酷い形を保ったまま、ここにある。けれど、この景色にそれらが何ら染みを作るわけでもなく、むしろ意識から抜け落ちてしまうほど、圧倒的に、ここでは海が、空が美しい。綺麗なところなんだな――それ以外の印象をすべて押しやってしまうほど強烈に。


白い砂利道を車は走る。道の両側一面に、背の高い、黄色い花畑が広がっている。

「あれ、何ていう花ですか」

私は車窓の向こうを指差して、Aさんに尋ねた。

「セイタカアワダチソウですね」

名前だけは聞いたことがある。見るのは初めてだけど。何も知らないと思われるのがくやしくて、「そうかなと思ったんですけど」と私は言った。

「ここは全部家があったんですけど、流されちゃったんですよね、それでセイタカアワダチソウがどんどん生えて」

ここに来るようになって知ったのは、仙台という街は本当の田舎ではないから、空き地などというものは実はそれほどなくて、私の目に空き地と映る土地は大抵津波の被害にあった場所だということだ。最初はそれがぴんとこなかった。のどかでいいなあ、こういう場所で暮らしたら、幸せの価値観なんて変わっちゃうだろうなあ、そんなことを考え、うっとりした後、はっとして、フィルムを巻き戻すように慌てて考え直す、それを繰り返した。違う、違う、全然のどかなんかじゃない。これは、あるとき、自然によってスイッチングされた、なかったはずの景色なのよ！　このセイタカアワダチソウの群生も、アスファルトで固められた地面の上で暮らす私にはロマンティックに見えるけど、その繁殖を許したのは、厳然たる現実、あの日の大津波なのだから。

黄色い花は、いったいどれだけの人の暮らしを呑み込んでいるのだろう。もはや外部から来た私に想像することは難しく、また、セイタカアワダチソウは、そこに分け入ることは許さないとでもいうかのように生い繁り、風に揺れている。私は、覆い尽くされた土地に、抗わなければ時間に押し流され消えていくだけの、宿命的ともいえる人間の記憶の脆さを重ね、小さなため息をついた。

「植物ってすごいですよね」とAさんが言った。

私は相槌を打ちながら、Aさんの実家のそばで見た、一面にクローバーが植えられた土地のことを思い出していた。緑の中、点々と咲く小さな白い花を見て、「わあ、綺麗！」と声をあげた私に、Aさんが教えてくれたこと。「ここの家は娘さんが亡くなったんですよ。それで娘さんが花が好きだったから、親御さんがこうして植えたみたいです」という言葉を。


Aさんには、「私には見るべき場所がわからないので、行先はお任せします」と頼んである。今日はこの後、さらに北上し、石巻まで行くらしい。サイドミラーの奥から、金色の光に照らされた景色が、遠く縮みながらも、二度と姿を現すことのない景色を秘めて私の後を追いかけてくる。時計を見ると午後二時半。日暮れまで、もうしばらく時間はある。

春のあくび

三月半ば、ある日の午後。停留所にてバスを降り、ふと目をやると、横断歩道の向こう、一本の木が白い花に覆われていた。信号が青に変わるのを待って、私は近寄り、枝を見上げる。昨日までは無骨な枝を伸ばしていただけだったのに、今年も最初にこの木が花をつけた。この木は、この辺りで一番初めに咲く桜。東京の開花宣言よりもひと足早く咲く桜。

この町に住み始めて、もうすぐ十年が経とうとしている。住居は賃貸物件だから、そうもいかないだろうが、もしも願いが叶うなら、子供の頃に育った町と雰囲気の似通うこの町に、私は一生住み続けたい。

春には桜、秋にはイチョウ、初夏にはツツジをも迎え、こぼれ種から育つのか、道端には、タンポポ、ひなげし、タチアオイまでが彩りを添える。加えて、この辺りには園芸家が多いのか、駅から家への道のりは四季を通して実に賑やか。朝顔や金魚草、百合に椿にアジサイと、花を咲かせた花壇やプランターが途切れることなく続いている。

私の部屋は坂の上に建つマンションの一角にあるのだが、ベランダからの眺めがさらにいい。越してきた当初、私も驚いたものだ。点在する屋上庭園、その多さに。路上からは窺い知れぬ、とっておきの風景。庭園から庭園へ鳥は忙しく飛び回り、私のベランダにもラズベリーをついばみにやって来る。風に吹き上げられた花びらや葉が部屋の中にまで流れてくるのも、決してめずらしいことではない。

東京を、自然の少ない、殺伐とした街だと言いたがる人は多いけれど、場所によるとは言え、なかなかどうして緑は多いほうだと思う。野山や田畑はないにせよ、春には春の、夏には夏の、秋には秋の、冬には冬の、都会に暮らす人間には都会に暮らす人間の自然との戯れ方が存在するのだ。

夕方五時になると、「夕焼け小焼け」のチャイムが響く。数日前まで、この歌が聞こえる時刻には、一日は夜へと向かい、気温がどんどん下がっていった。なのに、今日は開け放った窓から柔らかな夕日を眺めている。西の空には高層ビルとクレーンのシルエット。また新しいビルが建つのだろうか。東京は今日も何かを壊し、何かを作る。今年も桜がこの町を覆う。白い花びらでアスファルトの舗道は埋め尽くされる。だけど、私は、春が嬉しいのに——桜の木のある家で育った私は春が嬉しいはずなのに、心のどこかで少しうんざりもしているのだ。何十回も見てきたわかりきった春に、みなで喜び合うのを茶番に感じることがある。高層ビルを壊して建ててもまたそこには高層ビル。メリーゴーラウンドみたいに季節は今年も同じところへ戻ってきた。木馬は回る。ぐるぐる回る。私がこの世から退場する日まで。

「いま以上の幸せもいま以上の不幸も、私の人生には起こらないような気がするの。根拠なんてないけどね」

私は大きなあくびをひとつつく。猫みたいな大きなあくび。大きな大きな春のあくび。

東京

東京には美しいところなどないような言い方をあなたはするけれど、私は東京を時々とても美しいと思う。

オレンジ、グレー、ピンク。またある日は、紫色に空は染まり、薄墨の雲が静かに流れる。

東京は照れ屋で意地っ張りな男の人みたいに、なかなか美しい部分を見せてはくれないけれど、私は東京の美しいところをたくさん知っている。

私の頭の中に詰まっている美しい記憶。その多くは東京がくれた。

私は東京という街で育った。

東京で生まれた女ではないけれど、私の多くの部分は、東京が作った。

初出一覧

私の住む街　「honeyee.mag」vol.9　二〇〇九年七月　マリン企画
眠ったら、死ぬ。「真夜中」No.9　2010 Early Summer　リトルモア
カメラ≠万年筆　「honeyee.mag」vol.11　二〇一〇年二月　マリン企画
五月のメモランダム　「メモランダム」改題　「うたとことば。」第4号　二〇〇九年五月　ワンダーガール
記憶の旅　「CHANEL N゜5、記憶の旅」改題　「GINZA」二〇一四年一月号　マガジンハウス
美しい　「GINZA」二〇一四年三月号　マガジンハウス
あなたとわたしは似ていない。「GINZA」二〇一五年六月号　マガジンハウス
あなたは私のくるぶしを見ている　「GINZA」二〇一二年一〇月号　マガジンハウス
冬の動物園　Webサイト「columbia readymade」内「レコード手帖」二〇〇八年七月二四日　日本コロムビア
抱きしめたい　「うたとことば。」第2号　二〇〇九年五月　ワンダーガール
バカラ　「女の子はみんな嘘つき vol.10」改題　「WWD Beauty」二〇〇八年六月六日号　INFASパブリケーションズ
恋多き女　「クイックジャパン」vol.59　二〇〇五年三月　太田出版
結婚したらわかること　「クイックジャパン」vol.60　二〇〇五年六月　太田出版
浮気の理由　「クイックジャパン」vol.61　二〇〇五年八月　太田出版
寿命　「クイックジャパン」vol.62　二〇〇五年一〇月　太田出版
不感症の女　「クイックジャパン」vol.63　二〇〇五年一二月　太田出版
革命　「クイックジャパン」vol.64　二〇〇六年二月　太田出版

夏のいきれ　「クイックジャパン」vol.66　二〇〇六年六月　太田出版
おとめ座の娘　「クイックジャパン」vol.68　二〇〇六年一〇月　太田出版
別れ支度　「クイックジャパン」vol.69　二〇〇六年一二月　太田出版
空のはなし　「クイックジャパン」vol.70　二〇〇七年二月　太田出版
蛇を抱いて　「クイックジャパン」vol.71　二〇〇七年四月　太田出版
ひとりにしないで　「クイックジャパン」vol.72　二〇〇七年六月　太田出版
大人になれば　「産経新聞」二〇〇七年五月二一日付　産業経済新聞社
夜が始まる。　「DW」vol.2　二〇一三年七月　バカルディ・ジャパン
私があなたに見ているもの。　「BRUTUS」二〇一四年一一月一五日号　マガジンハウス
ジャズが教えてくれたこと　「ジャズの100枚。」二〇一四年一一月　ユニバーサル ミュージック
彼女の運命線　「うたとことば。」第7号　二〇一〇年五月　ワンダーガール
十月の記憶　「文藝」二〇一五年春季号　河出書房新社
春のあくび　Webマガジン「suigyu.com」内「水牛のように」二〇一五年四月号　水牛
東京　Webマガジン「honeyee.com」二〇一一年二月三日　ハニカム

長谷部千彩
文筆家。Webマガジン《memorandom》主宰。
著書『有閑マドモワゼル』『レディメイド＊はせべ社長のひみつダイアリー』。
hasebechisai.com
memorandom.tokyo

メモランダム

二〇一六年九月二〇日　初版印刷
二〇一六年九月三〇日　初版発行

著　者　長谷部千彩
発行者　小野寺優
発行所　株式会社河出書房新社
東京都渋谷区千駄ヶ谷二ノ三二ノ二
電話　〇三・三四〇四・一二〇一（営業）
　　　〇三・三四〇四・八六一一（編集）
http://www.kawade.co.jp/

印　刷　凸版印刷株式会社
製　本　加藤製本株式会社

Printed in Japan　ISBN978-4-309-02499-8